文春文庫

炎上フェニックス

池袋ウエストゲートパークXVII

石田衣良

文藝春秋

―目次―

炎上フェニックス

池袋ウエストゲートパークXVII

イラストレーション　北村治

P活地獄篇

男の地獄より女の地獄のほうがたいへんだというのは、ほんとうかもしれない。ウィズ・コロナの時代になって、真っ先に首を切られたのは非正規の働き手で、その多くは女性と中高年だった。日々外で身体をつかって働かなければならないエッセンシャルな働き手が、一気に職を失ってしまった。去年まで影も形もなかった新型ウイルスによって、もともと苦しかった世界の下半分は壊滅的な打撃を受けたのだ。

そこで日本社会にウイルスのように新たに蔓延(まんえん)したのがＰ活である。

これを読んでるよい子のみんなは、Ｐ活がパパ活で、ＰＪがパパ活女子ってことはわかってるよな。それではクイズを一問。

「ドカタ」というのは、どういう意味でしょう?

いっておくが、こいつは放送禁止用語でも差別語でもない。Ｐ活の現場で女たちが毎日のようにつかっているもの悲しい隠語のひとつだ。つかいかたは基本的に動詞で、「ドカタする」とか、「昨日はドカタしちゃった」とかいう。

　正解は、金をもってはいるが、性的な魅力に欠けた中年男と肉体関係をもつこと。Ｐ活をする女の誰ひとり、ほんとうは望んでいない悲しい肉体労働である。彼女たちはそいつを、こっそり「ドカタ」と呼んでいるのだ。金のためにしかたなくこなす現場の汚れた汗かき仕事。どこかの広告代理店が仕掛けるくだらない流行語より、ずっと皮肉で冴(さ)えたワードセンスだよな。池袋限定の流行語大賞にノミネートしたいくらい。

　今回のおれの話は、Ｐ活の現場で出会った不器用なカップルと、その闇のなかで甘い汁を吸う「運営」のスリリングな対立の物語。まあ、おれたちの世界では、リアルな愛はますます得難くなり、ネットをつうじた心のない出会いはますます容易になるという、現代の相対性原理から導きだされる定番のストーリーである。自粛後も精神的なステイホームが続くうっとうしいこの時期、あせらずじっくりと読んでくれ。

　それからＰ活のパパたちにひと言。

　すこしばかり金を払ったからといって、もてているなんて勘違いはしないほうがいいよ。ＰＪのほとんどは、あんたを性欲丸出しの癖に変に説教くさい面倒なおっさんだと思っているし、あんたとのセックスを薄汚れた「ドカタ」仕事だとみなしているのだ。

　それでも最後までちゃんと労働を完遂(かんすい)するあんたのメンタルの強さ（神経のなさ？）

には、おれも素直に感心するけどな。

池袋西一番街の人出は、コロナ自粛が明けても完全には戻らなかった。七月の青空のもと、田舎の昼間の温泉のように閑散とした街が広がっている。猛暑でだらりと垂らした野良犬の舌みたい。

新宿に続いて、池袋の「夜の街」でも感染者がでたせいかもしれない。クラスターが発生したホストクラブの噂は地元では有名だった。ソーシャルディスタンスのこのご時世に、安月給の下っ端ホストたちは、シャンパンのボトルをじかに回しのみしていたそうだ。それじゃ、コロナでなくとも感染るよな。口内炎とかヘルペスとか、ライトな性病とか。ちなみにメディアでは報道されていないが、店の名前も当然流れてる。一日だけ休業して、とくに名を秘すその店はしれっと営業を再開した。コロナよりも夜の街は強いって話。

うちの果物屋の売上は、いつもの夏の四割くらい。まあ、おれの給料はもう下げようがないから変わらないのだが、この調子があと一年も続いたら、さすがのうちの店も走りながら倒れて倒産だろう。コロナの猛烈に静かな風を横から受けて、ぱたり。

「マコト、ぼーっとしてないで、店の前でも掃除してきな」

うちのおふくろの命令はどこかの名刹の坊主みたい。とにかく手が空けば、店や通りをきれいにしろとうるさいのだ。なんでもきちんと掃除をすると、心まで磨かれるのだとか。現代の迷信。

「はいはい、わかったよ」

箒をもって西一番街の路上に出た。おれのしけたホームタウンのメインストリートだ。㈲田畑電気工事。見慣れた軽のワゴン車が店の前に停まった。車内後部はいろいろな工具やパイプやワイヤーでいっぱい。窓ガラスがおりて、田畑冬也が顔をのぞかせた。

「すまない、ちょっとだけここにクルマをおかせてもらえないか」

トウヤはおれの卒業した工業高校のいくつか上。あまりえばらないのと、高校で身につけたスキルを仕事にしたという点では、めずらしい先輩である。まあ、数歳の差はこの年になるとぜんぜん関係ないしな。

「ああ、いいよ。最近いそがしそうだな」

トウヤによるとリモートワークやリモート授業が急増した関係で、電気工事の仕事はでたらめにいそがしくなったのだとか。コロナ流行りで、もうかる桶屋もあるのだ。なぜかトウヤがおれの顔をじっと見ていた。

「どうしたんだ。仕事いかないのか」

困ったような表情をしている。おかしな先輩。

「ああ、そうだった」

軽ワゴンをおりて、肩から工具でいっぱいのツールボックス（釣り師の冷蔵ケースくらい）をさげ、トウヤが通りの先の酒屋に向かう。ストライプのつなぎに、同じストライプのキャップが店のなかに消えていく。おれの背中におふくろがいう。

「ああいう子なんかが、まじめでいいんだよ。トウヤくん、まだ独身だろ。彼女いないのかい」

トウヤに彼女がいないことはわかっていたが、おふくろには教えない。

「個人情報だろ。すぐに若いやつらをくっつけようとするのは、年寄りの悪い癖だぞ。落語に出てくる長屋の隠居みたいだ」

「うるさいね、マコトは。余計なお世話が必要な人間だって、世のなかにはいるんだよ。タカシくんと違って、おまえやトウヤくんには誰かが世話しないと、なんにも起きやしないんだから」

確かにこの二年近く、おれにはぜんぜんガールフレンドがいなかった。だが、池袋のキングをもちあげて、おれとトウヤを下げるいいぐさには腹が立つ。

「うるさいな。そういうのは今じゃセクハラっていうんだぞ」

おふくろは腰に両手をあてて嘆く。

「息子が女にもてない話がセクハラなのかい。きゅうくつな世のなかだね。それはコロナも流行る訳だ。さあ、掃除の続きをやっちまいな」

時代遅れの女と暮らすおれの苦労を考えてもみてくれ。おれは箒を掃いては止め、掃いては止めて、西一番街のカラータイルをきれいにした。埃（ほこり）を立てない正しい方法だ。腹は立っても、きちんと掃除はしないとな。

その日、トウヤは三十分ほどで仕事を終えて、うちの店の前に停めたワゴン車を回収していった。おふくろの機嫌をとるためか、アンデスメロンをひとつ買って。驚いたのはつぎの日も、あのワゴンがやってきたこと。

同じ場所に停めたクルマからトウヤが顔をのぞかせた。なにかいいたげな表情。

「今日も仕事なんだ？　ひとりで西一番街の5G化をぜんぶ請け負ってるのか」

堅気（かたぎ）の電気工事士は、おれの軽口にも笑顔は見せない。

「マコト、ちょっと相談にのってくれないか。昼めし、おごるから」

おれはトラブルのいい匂いをかいだ気がした。なにせ自粛期間中は三カ月まったく人に会わず、なんのトラブルシューティングもできなかったのだ。街のスリルに飢えている。おふくろにひと声かけて、早めのランチに出る。

トウヤの足どりは重かったけれど、おれのほうはスキップしそうなくらいの軽さ。まあ、先輩の相談だから、実際にはスキップもステップも踏んでないけどね。

おれたちが入ったのは、ロサ会館のそばの大衆的なステーキ屋。立ちぐいのチェーンではなく、座ってのんびりたべられるオージービーフの店だ。おれはさしがびっしりの白っぽい和牛より、嚙(か)むと草の匂いがするような赤身のほうが好きなのだ。財布にもやさしいしな。

トウヤのおごりなので、二百五十グラムの上サーロインを注文した。もつべきものはコロナ禍でも多忙な先輩だ。

「で、なんなの、トウヤから相談なんて、初めてだけど」

不思議な話だが、いつでもトラブルに見舞われている人間もいれば、反対に生涯なんのトラブルにも出会わずに人生を終える幸福（退屈？）なやつもいるのだ。トウヤは断トツで平和で退屈なタイプ。おれは気の優しい先輩をそんな男だと思っていた。

「見てほしいものがあるんだ」

おれたちが座った窓際のテーブルで、トウヤがスマートフォンをこちらに向けた。ディスプレイには一枚の写真。胸元がおおきく開いたサマーニットを着た女が、はにかむような笑顔で、こちらを見つめている。自分の容姿をビジネスにしている女。照明もきちんと当てられている。どこかの南の島のプールサイドだった。当然、美人。プロだ。

「へえ、それ、どこのグラビアモデルなんだ。知らない顔だけど、なかなかだね」

豊かな胸の谷間がレモンイエローのニットから覗(のぞ)いていた。おれはグラビア系には詳しくない。最近はこの手の顔が人気なのか。照れたようにトウヤが笑った。

「そうなんだ、なかなかきれいだろ」

「追っかけでもしているの」

おれの周りでも三十代でリアルな彼女がいない男たちの多くは、会いにいけたりいけなかったりするアイドルを熱心に応援していた。リアルな恋愛はネットショッピングと違って、簡単にはポチッと手に入れられない。するとトウヤが驚くべきことを口にした。

「彼女がその写真しかくれないんだ。もう十年前の写真なんだけど。新しいのは撮らせてくれないしさ」

おれは地味な電気工事士の顔をじっと見つめてしまった。タカシはいわずもがなだが、おれに比べてもトウヤ先輩の顔面偏差値は低いだろうと思う。いや、うぬぼれでなくな。顔面平たい族のひとりだし、目も眠たげな奥二重(おくぶたえ)。

「トウヤ、この人とつきあってるのか」

頰を赤らめると、先輩がうなずいた。

「うん、まだ二カ月ちょっとなんだけどね」

「スマホ、もう一度見せてくれ」

おれは改めてディスプレイをしっかりと確認した。やはり美人でスタイルも抜群。これなら十年たったとしても、ぜんぜんいけてることだろう。

「おめでとう。おれに結婚式の司会でも頼みたいのか。まあ、トウヤ先輩なら受けてもいいよ」

気の優しい先輩の顔が曇った。

「そうは簡単にいかないんだ。ちょっと運営ともめていて」

運営？　最近は一般市民の男女交際にも、運営がかかわるのだろうか。マージンを徴収するとか、スケジュールを調整するとかね。おれは困り顔の先輩にいった。

「この美人さんと、どこで出会ったの」

ステーキがやってきた。鉄板で牛脂がぱちぱちと跳ねている。ステーキって耳にもう

まいご馳走だよな。おれはナイフとフォークで肉を口に運びつつ、トウヤの話をきいていた。スマートフォンで録音しながらね。

　トウヤが数カ月前に登録したマッチング・サイトの名前は「マイ・フェア・ガール」。男性の入会金は二万で、月会費は五千円という割と高級なサイトだという。その頃はコロナ自粛下の超多忙な時期で、試しに二、三カ月登録して、ダメならやめようと思っていたそうだ。

「へえ、そこで彼女を紹介されたんだ。名前は？」

「寺川はるか。モデル時代の芸名もあるけど、そっちは秘密」

　おれもそのマッチング・サイトに登録しようかと、真剣に思った。だって誰だってダチに彼女の昔の芸名は秘密だなんて自慢したいよな。夢のような台詞。

「すこし高いけど、サイトでかわいい子とも出会えた。ちゃんとつきあってもいる。だったら、問題ないだろ。今日は彼女の写真見せつけるために、おれに肉おごったのか」

「だから、マコト、違うんだって」

　トウヤがスマートフォンを何度か操作した。再びおれのほうに向けた画面には、明らかに『マイ・フェア・レディ』のオードリー・ヘプバーンをモデルにしたとわかるイラストのしたに、英文でMY　FAIR　GIRLのロゴ。そのあとは三列に女たちの顔写真がずらりと並んでいた。なかには風俗嬢のように手で目だけ隠したり、顔にモザイクを入れているものもある。断然怪しい雰囲気。

「ここって、男女が普通に出会うマッチング・サイトなのかな」

電気工事の制服を着たトウヤは、重そうにナイフとフォークをおいた。

「……いや、マコトにはいいにくいんだけど、もうちょっとすすんだというか、はっきりしてるというか……はっきりいうとパパ活サイトなんだ」

おれは「マイ・フェア・ガール」のトップ画面から漂ってくる風俗臭を、ようやく理解した。そうなれば、ここの「運営」の仕組みを理解しておかなければならない。おれはどの風俗でも通用するマジックワードを口にした。

「トウヤ先輩、ここのシステム、どうなってんの」

入会金と月会費とは別に「マイ・フェア・ガール」では、登録された女とメールするたびに一通三百円、デートするたびに五千円の紹介料が発生するという。おれは新しいパパ活サイトの話に興味津々。まあ、おれにはメールを送るたびに払うような金はないんだけどね。
おれはちょっとタチの悪い質問をしてみた。

「ハルカさんだっけ、彼女と出会う前にトウヤは何人か、ほかの女と会ってないのか」

これだけの数の女たちが登録されているのだ。基本的に金さえ払えば、会うことはすぐにできる。小金をもった女好きな男たちには、天国といってもいいだろう。まあ、あとで知ることになるのだが、そこは天国の顔をした地獄なんだけどね。

トウヤはいいにくそうにいう。

「……三人くらい会ってみた」

おれは半分になったステーキの鉄板に、身体を乗りだした。

「どうだった？ あのさ、やっちゃったの」

意識の高い女性のみなさん、先に謝っておくよ。ごめんなさい。でも、男同士の会話なんて、どの街でもこんなもん。

「いわなきゃダメか、マコト」

トラブルシューティングにはなんの関係もなかったが、おれの好奇心が勝った。焦げたブロッコリーをフォークで刺していった。

「依頼人に秘密をつくられると、なにかとやりにくいんだよなあ」

「わかったよ。だけど、これはハルカには絶対ないしょだぞ。ふたりとはしたけど、ひとりはしてない。その子の割り切りの設定は一回二十万だったたんだ」

ベッドの二時間でその値段だと、時給にして十万円。コロナの給付金がひと晩で軽く稼げる。

「ふーん、なんだかあんまりそそられない話だな」

トウヤが窓の外の西一番街に目を向けた。ほぼ無人の夏の池袋。世界の終わりみたいな風景。

「そうなんだ。パパ活サイトに集まってくる女たちは、ひたすら金をもらい、プレゼントを買わせることしか考えていないんだ。会うといくら、食事でいくら、カラオケでいくら、酒をのむといくら。女たちはみんな自分で設定した料金リストをもっていて、デートのときにすることを事前に全部積算して、金を要求してくる」

料金前払いのデートか。男女交際の最終進化形。

「なかなかのもんだね」

「ああ、逆にたいしたもんだと感心するくらいだよ。食事は一時間で一万、カラオケは密室だからパスとか。ちゃんとデートの最初に金を要求される。一度驚いたことがあったよ。銀行の封筒に入れて金を渡したら、カフェのカウンターで目の前にウエイトレスがいるのもおかまいなしに金を数えだしたやつがいたんだ。なぜか、札の臭いもかいでいたな」

カラーコピーか、偽札かと思ったのだろうか。パパ活は究極の資本主義なのかもしれない。売れるものは、すべてに値段をつけて売り切る。

「へえ、最初に支払いするんだ。ムードはないんだね」

おれは事情通の顔をして返事をしておいた。もしかしたら風俗よりタチが悪いかもしれない。自分の行動のすべてに対価を要求するパパ活女子たち。街のトラブルを解決するたびに、そんな請求書を書いていたら、おれだってすぐに億万長者になれる。

「それで、嫌になって退会しようと決心したんだ。でも、最後にもうひとりだけと思って、一番自分のタイプだった子にダメもとでメールしてみた」

運命とは皮肉なもので、あきらめたときに気まぐれな幸運を投げてよこす。あんたもそんな経験あるだろ。

「それがさっきのハルカさんなんだ」

照れたようにトウヤがいった。

「そうなんだ。おれにはもったいないくらいの女だよ」

「それで、それで」

おれもおふくろの血を色濃く引き継いでいるのかもしれない。身近なやつの恋バナをきくのが大好きなのだ。

「ハルカはほかの女たちとは違っていた。美人だけど飾らないし、高級ブランドの服やバッグなんかももっていなかった。それで、おれが封筒を渡すと、ほんとにありがたそうにするんだよ。拝んで受けとるというかさ」

おれにはそんな出会いはなかった気がする。まあ、女に金をやったこともないんだけどな。

「最初から好印象だったんだ」

「ああ、やっぱり向こうも三十代になってるし、バツイチだし、ちいさな女の子もひとりいるから、ほかのパパ活女子より地に足が着いていたのかもしれない。『マイ・フェア・ガール』で稼ぐ金も、遊ぶためとか着飾るためじゃなくて、生活費をこつこつ貯めてるような感じだったから」

コロナ自粛で三カ月も無収入だったという人間は、池袋の街にもざらにいる。家賃や食費を稼ぐために、P活をしている女たちもすくなくはないのだろう。

「ハルカさんはマッチング・サイトに登録する前まで、なんの仕事してたんだ?」

「デパートの美容部員。韓国ブランドの化粧品を対面販売してたらしいけど、そこはちいさな会社で、向こうの本社がコロナで潰れてしまったんだ。デパートなんて、どこもぜんぜん開いていなかったし、新しい就職口なんて蒸発しちまった」

今回のコロナでは数十万、数百万という仕事が音もなく消えてしまった。夏になっても、まだ半分も回復していないとおれは思う。ウイルスって街のどんな犯罪者よりもやっかいだよな。

「だけど、女たちだけでなくそこのマッチング・サイトだって、ずいぶんともうけているんだろ。どうして、運営側とハルカさんがトラブるんだよ」

トウヤは腕時計に目をやった。心拍や歩数も計れるアップルウォッチ。電機ガジェット好きな先輩らしい。おれたちはとうにステーキを完食していた。

「マコト、このあとまだ時間あるよな」

まだ昼休みは三十分近く残っていた。まあ、おれが一時間半ランチ休憩をとろうが、うちのおふくろはあまり文句はいわない。

「ああ、だいじょうぶだ」

脂跳ねの染みが浮いた伝票をとるとトウヤがいった。

「実はハルカと待ちあわせしてるんだ。『マイ・フェア・ガール』の件は、本人に直接きいてもらえないか。おれにもよくわかんないところがあるし、運営のやつら、かなり怪しいみたいなんだ」

意外な展開で、おれは自分の髪形がすこし気になった。朝は寝癖が残っていたのだ。もしかしたら、ハルカに元グラビアモデルで気立てのいい美容部員を紹介してもらえるかもしれない。ウィズ・コロナの夏でも、新しい恋の可能性はゼロじゃない。

おれたちはロサ会館の近くから、西口の東武デパートに移動した。入店するには、検温とアルコールジェル消毒のチェックポイントがあった。店内のあちこちにアクリル板がさがり、店員はフェイスガードをつけている。

もちろん、おれとトウヤはマスク着用。七月のマスクなんて勘弁してもらいたいけどな。エレベーター脇のベンチに、ソーシャルディスタンスを守って浅く腰かけていたのは、トウヤがパパ活サイトで見つけたハルカだった。

「あっ！」

そういって立ちあがると百七十近い長身だった。白Tにスキニージーンズがよく似あうのは、モデルあがりのスタイルのせいだろう。イケメンも美女も飾らないほどきれいになるものだ。世のなかはアンフェア。

「こいつ、おれの高校の後輩で、真島誠（まじままこと）。『マイ・フェア・ガール』の件で、相談に乗ってもらってるんだ。ハルカの話をききたいんだって、ぜんぶ話してやってくれ」

ハルカはぺこりと頭をさげた。

「よろしくお願いします。でも、だいじょうぶかな。わたし、あまり頭よくないから」

トウヤは顔を崩して笑った。いい笑顔だ。

「おれとマコトだって都立の工業高校卒業だぞ。頭なんて、いいはずないじゃないか。それに、ハルカは頭いいと思うけどな」

東大王とは、逆の学歴自慢だった。ハルカが照れていう。

「ほかの人がいる前では、わたしのこと、そんなにほめたらダメだよ」

トウヤが真剣な顔でいった。

「でも、ほんとうにそう思うんだ。そんなことというけど、ハルカは賢いよ」

おたがいにほめあう三十代初めの、この国ではめずらしく幸福そうなふたり。おれはバカップルだなんて、ちっとも思わなかった。なあ、あんたも最近いつ彼女や奥さんのことをほめた？　ときには優しくしないと、パパ活のパパたちみたいにあっさり捨てられるよ。

おれたちが入ったのは、六階の宝飾品フロアにあるフルーツパーラーだった。メロンジュースが一杯千五百円とかの店。ガラスの向こうには、ロレックスの王冠のロゴが覗いている。
「うまく話せるかわからないけど、がんばってみるね」

自己肯定感の低い元モデルがそういった。人の中身は見た目と変わらないと信じているやつも多いけど、ほとんどの場合ルックスと性格には、たいした相関関係はないと、おれは思う。

「話を録音させてもらうよ」

ハーブティをひと口のんで、ハルカがいう。

「ああ、緊張するなあ。わたし、まとまった話って、ちいさなころから苦手だったんだ」

おれは最高の笑顔を見せていった。

「だいじょうぶ、話に詰まったら、おれがいろいろ質問するから。ハルカさんは実際に起きたことをちゃんと話してくれればいいんだ。最初に『マイ・フェア・ガール』に登録したのはいつ？」

スマートフォンをとりだして、スケジュールを確認した。几帳面な性格。

「四月の終わりくらい」

「今まで何人くらいの男と連絡をとった？」

いじわるだが避けては通れない質問だった。おれの隣に座るトウヤにちらりと視線をあげて、ハルカはいった。

「三、四人くらい。トウヤと会ってからは、もう誰ともメールなんてしてない。ほんとだよ」

トウヤが横から口をはさんできた。

「そいつはほんとうなんだ。彼女と三回目に会ったときに、将来は結婚も考えてつきあってくれないかってお願いしたから」

ハルカの目を見た。こくりとうなずく。

「だったら、なんの問題もないんじゃないのか。ふたりにはいい出会いがあって、マッチング・サイトを無事に卒業して、末永く幸せに暮らしましたとさ。めでたし、めでたし」

ディズニーアニメのような物語だった。だが、ここは池袋だ。

「ほんとはわたしもそうなると思っていたんだけど……」

トウヤがいった。

「ある晩、いきなり運営からハルカに電話がかかってきたんだ」

マッチング・サイトの運営からの電話。どう考えても、さしてサスペンスフルでもスリリングでもなさそうだ。

「相手の人は女性で、『マイ・フェア・ガール』の女性陣をまとめて面倒を見ているマネージャーだといってました」

「名前は？」

ハルカはガラステーブルに淡いピンクの名刺を滑らせた。女の名前は光明寺薫（こうみょうじかおる）。役職はマッチング統括マネージャーだという。

「その女の人がいうには、あなたの顔が気にいった。一度面接にきてほしい。面接にくるだけで、交通費と一万円のギャラを払う。場所は西麻布のオフィスだって」

おれは名刺を手にとった。かすかに香水の匂いがする。スマートフォンで撮影し、テーブルに戻す。

「ここに名刺があるってことは、ハルカさんは事務所にいったんだよな」

「はい。いってみると光明寺さんのほかに男の人が三人いました」

なんだか怪しい雰囲気。港区の事務所か。池袋より危険な街は、港区にだっていくらでもある。

「男たちはどんな感じだったのかな」

「あまり堅気（かたぎ）っぽくないというか、すごく日焼けしていて、タトゥーを入れてる人もいて、なんていうか、そんな感じです」

「危険な感じ？」

「そうです。危険で嫌な感じ。自分がモノみたいに扱われて、観察されている。モデルをしていたころ、よくそんな目で見られました」

商品のように女を見る刺青（いれずみ）の男たち。

「それで写真を何枚か撮られて、交通費とギャラをもらって帰りました。それが二週間前のことで、それからずっと電話がかかってくるんです」

どこかできいたことのあるような話だった。だいたいの予想はつく。それでもハルカは震えていた。

「おまえはうちの一軍に合格した。トウヤさんとは別れろ。金払いがよくて、力のあるパパを紹介してやる。もっといい目を見たくないか。いくらでも贅沢させてやるぞって」

商品としての女を誘い慣れた夜の男たちの台詞だった。

「そうだったのか。きれいな顔で生まれるって、たいへんなんだな」

ハルカはおれの能天気な言葉を無視していった。全身の震えが激しくなる。

「今週になって、先方の態度が変わりました。わたしがずっと断っていると、おまえの住所も実家もわかってる、おまえや子どもだけでなく、家族や親戚にも追いこみをかけるぞって。ガキをさらってやろうかって。客のなかには十歳以下の少女に目がないロリコンもいる。そいつらは力があるから、なにをしても絶対に捕まらないんだって」

アクリル板で仕切られたフルーツパーラーで、ハルカが肩を震わせ泣きだした。手口は古典的だが、脅迫されている本人はさぞ恐ろしいことだろう。ハルカには四歳になる女の子がいる。佳澄。おれの隣で高校の先輩が頭をさげた。

「マコト、そういう事情だ。なんとかハルカを運営から助けてやってくれないか」

わかった、やってみるとおれはいった。自粛が三カ月も続いて、いい加減退屈していたし、パパ活サイトをひとつ罠に落とすのもおもしろそうだ。

おれはメロンジュースをひと口のむと、テーブルのピンクの名刺をもう一度確かめた。

「マイ・フェア・ガール」。一軍の面接に合格した淑女(しゅくじょ)たちが送りこまれる先を考えた。金と力があり、性犯罪ももみ消せるというパパたちを想像してみる。池袋西口の小路を毎日掃き掃除している間抜けにはめられたと知ったら、パパたちはどんな顔をするのだろうか。おれは泣いているハルカを見つめたまま、猛烈に頭のなかを回転させ始めた。

「ずいぶんと長いランチだったじゃないか」
おれが店に戻ったのは、午後二時近く。おふくろの皮肉が出迎えてくれた。しかたない。トウヤとマッチング・サイトで出会ったという婚約者の話をきいていたのだ。おれはその手のアプリにまったく不案内なので、目からウロコの事実をでたらめに流しこまれたという訳。でも、デートの最初にその日のメニューを積算した金を渡すなんて衝撃的だよな。食事にも散歩にも買いものにも値段がつくのがP活女子なのだ。
「ちょっと待ってくれ。三分で店番代わるから」
おれは二階の自分の部屋にあがり、CDラックからドビュッシーの前奏曲集を抜きだした。ふわふわとした浮遊感のある静かなピアノ曲が並んでいる。新型コロナの半自粛下の「特別な夏」にぴったり。「亜麻色の髪の乙女」をかけてみる。ハルカの髪は茶髪で、亜麻色というほどは明るくなかった。半風俗のマッチング・サイトから追いこみをかけられている乙女の話か。なんだか池袋っぽいよな。

「やけにロマンチックな音楽じゃないか」

落語と和菓子が好きなおふくろでも、ドビュッシーのよさをすこしはわかるらしい。

「ああ、今回は人の恋路を助ける仕事なんだよ」

おふくろはあきれた顔で目を光らせる。

「トウヤくんのかい」

「ああ、そうだよ」

お相手がマッチング・サイトで知りあった子もちの三十女だとは伏せておいた。おふくろくらいの年代には偏見もあるだろう。まあ、それでもあのルックスなら勝ち組もいいところ。なにせ近い将来、男の三分の一は生涯独身になるのだから。

「まったくおまえは人の恋路を世話するより、自分のことをもうすこしがんばってくれるといいんだけどねえ」

それ以上おふくろの小言をききたくなかったおれは、CDラジカセのボリュームをぐっとあげた。一本二百円の冷えたスイカやマスクメロンの串には、ドビュッシーはまったく似あわなかった。

おふくろが遅いランチにいってしまうと、おれはスマートフォンで調べ始めた。とくに「マイ・フェア・ガール」について、あれこれ。ツイッターとインスタグラム、各種サイトをめぐると、意外なほどの情報が手に入る。ネットって恐ろしいよな。

特におれの背筋が凍りついたのは、P活女子たちが嫌な客をネットにさらしていることだった。危機管理のためか、女たちの横のつながりは広くて深い。例えば、こんな調子。

○自称三十六歳　実年齢四十三歳　既婚子どもふたり　金払い悪くて最低
○不動産会社常務五十二歳　説教好き　二十二歳までの若い女に目がない
○予備校講師四十七歳　ドM　女装　逆アナル　料金交渉を最初にきちんと

かんたんな紹介のあとには、その男のツイッターのプロフィールページがそのまま載っているのだ。もちろん冷酷にも顔写真つき。当人たちが知らないうちに要注意のパパたちの情報は、P活女子のあいだで共有されてしまう。いや、ここまでやられているのに、金を払ってでも若い女とつきあいたいという肉食系の男たちのガッツは見あげたもんだよな。

おたがいに腹の底ではバカにしあっているのに、金をとおしてだけつながっている。地獄の消耗戦だ。まあ、あんたもP活女子と遊ぶのなら、せいぜい金払いをよくして、後味わるくならないようにきれいに遊んでくれ。
そうでないと、あんたの情報が永遠にネットに残ることになる。奥さんや子どもや、会社の同僚に裏の顔を見られるのは、想像しただけでも命が縮むだろ。

当然、おれのネット調査の目的は「マイ・フェア・ガール」の運営について調べあげること。マッチング・サイトを果てしなくスクロールしていくと、最後に電話番号と運営会社が書かれていた。

株式会社　プロジェクト・マル　　03-3486-××××

調べてみると、その局番は確かに港区西麻布のものだった。会社名はどうせいいかげんだろうが、もしかすると丸山とか丸川とかいう名前の男がオーナーなのかもしれない。もちろん、スペイン語のマルで、悪のプロジェクトという意味かもしれないが。

会社名で検索をかけたけれど、こちらはまったく引っかかってこなかった。出てくるのは「マイ・フェア・ガール」の運営会社としての情報だけで、そこからさらに深いネタは出てこない。おれはひとり言を漏らしていた。

「こいつは……ちょっと」

そうなのだ。ちょっとどころか、だいぶおかしい。今の時代にこれだけ人の集まるマッチング・サイトを運営していて、普通なら情報がいきわたらないはずがない。これほどメンションがすくないのは、なんらかの形で情報統制をして、外に会社のネタが流れないようにしているとしか考えられなかった。

ハルカが脅されたときの台詞を思いだす。おまえの住所も、実家もわかっている。徹底的に追いこみをかけるぞ。十歳以下の子どもに目がない変態もいるぞ。

ネットではこれ以上おれには手が出せそうになかった。

トウヤ先輩の顔を思いだす。コロナ禍で電気工事士は大忙しだといっていた。まあ、少々の必要経費くらいいいだろう。おれは東池袋のデニーズで今日も店を開く東京の北半分一のハッカーに電話をかけた。

ゼロワンの声はいつものとおり、ざらざらのガス漏れ声。

こいつをアニメにしたら、声優のオーディションは簡単だろう。一番汚い声を出したやつに決まりだ。重要なサブキャラ役を獲得。

「……マコトか、なんだ」

「元気でやってるか、ゼロワン？」

しばらく返事がなかった。うしろではかちゃかちゃと食器のふれあう音。感慨深そうな声。

「そんな挨拶（あいさつ）をされたのは一年半ぶりくらいだ。前回もおまえだった気がするな、マコト」

友達がひとりもいない淋しいハッカー。ネットの腕とリアルなフレンドリーさは正比例しない。

「今夜、いっしょにめしくわないか。そこのデニーズでさ」

「嫌だ」

こういうところだよな、ゼロワンのいけないところ。おれは重ねていった。

「くそっ、こっちも仕事の依頼だよ。追いこみをかけられて困っている女がいる。相手はマッチング・サイト『マイ・フェア・ガール』を運営する株式会社プロジェクト・マル。きいてるか、ゼロワン」

しゅーしゅーとガス漏れ声。

「録音してる。正規料金でいいんだな」

「ああ、だいじょうぶだ。おれも調べてみたんだが、その会社の情報はネットにほとんど存在しないんだ。マッチング・サイトなんか運営してて、情報ゼロなんて普通あり得ないだろ」

ゼロワンのなかでなにかが動いたようだった。おもしろがっている。

「ああ、そいつは普通じゃないな」

「夜までにプロジェクト・マルを調べあげておいてくれないか」

しゅーしゅー、わかった。おれはいちおう確認しておいた。

「そういえば、そこの食事はみんなおまえのおごりだったよな」

「ああ、ここの分は依頼料のなかに含まれている」

「了解だ。一番高いメニュー頼むから、覚悟しとけよ、ゼロワン。おれの誘いを断った報いだ」

ごそごそと痰が喉に絡んだような音がした。ゼロワンが笑ったのかもしれない。

「ここで一番高いのは三種の『肉の盛合せ』だ。ビーフとポークとチキン。税込みで三千円弱。しっかり腹を空かせてからこい。じゃあ」

いきなり通話が切れた。おれは夜八時といおうとしたのだが、やつはひと晩中あのボックス席に座っているのだ。時間など別に関係ない。

つぎに電話をかけたのは、池袋のキングだった。やつの声をきくのは半月ぶりくらい。おれたちはいつもいっしょにいるような普通のなかよしじゃない。取次が出ると、すぐに代わった。おれに冗談をいう暇を与えない作戦のようだ。

「なんだ、マコト?」

いつも最小限のキングのお言葉だった。

「おれって、おまえの秘書に嫌われてるのかな?」

タカシはくすりともしない。

「おれの秘書にはおまえに関心があるやつはいないな。なんの用だ」

七月の冷たい北風。おれとしては久しぶりなので、キングとの雑談を楽しみたかったが、そんな不要不急の言葉は必要なかった。おれたちのおしゃべりなんて、すべて不要不急なんだけどさ。

「トウヤ先輩、覚えてるか?」

めずらしくシベリアの永久凍土が溶けだすようなあたたかさをのぞかせて、タカシがいった。

「ああ、気のいい人だったな。おれたちがおちょくっても、困ったように笑うだけだった気がする。後輩にきつくあたることはなかったな」

タカシに二行以上の台詞をしゃべらせるなんて、トウヤ先輩もなかなかだった。

「そのトウヤ先輩が婚約したんだ」

「へえ……おまえが電話をかけてきたということは、その相手になにかあるんだな」

話が早い王様。こいつが相手だと、いつも説明が半分の時間で済む。

「出会ったのはあるマッチング・サイトなんだが、彼女は今、実家や子どもまで追いこみをかけられそうになっている」

「子ども？」

「ああ、四歳の女の子なんだ。なんでもサイトの客には十歳以下の子どもが大好きな変態がたくさんいるんだそうだ」

溶けだしていた永久凍土がまたカチカチに凍りついた。

「追いこみをかけるというのは、そのマッチング・サイトのやつらか？」

そうだといって、おれは「マイ・フェア・マッチング・ガール」と運営のプロジェクト・マルについてかんたんに話した。今、ゼロワンに調べさせていること。タカシのほうからもGボーイズの情報網で調べてもらいたいこと。最後にいった。

「おれとしては運営のやつらが、ハルカから手を引けばそれでいいと思ってる」

キングが物騒なことをいった。

「潰さなくていいのか」

池袋の王様はクールな武闘派である。放っておけば、戦線は無限に拡大しかねない。

「トウヤ先輩が無事に結婚できれば、それでいいだろ。悪質なマッチング・サイトなんて、ネットには無限にあるんだからな」

「まあ、わかった。うちの者に調べさせてみる」

おれはその時点では、プロジェクト・マルなどたいしたことはない会社だと考えていた。主力がマッチング・サイトなのだ。本筋の暴力団が登場することもないだろう。めずらしくタカシが懐かしそうな声になった。

「おれ、トウヤ先輩に夏休みの課題を丸投げしたことがあったんだ。うちは母子家庭で夏休み中はずっとアルバイトいれなきゃ、高校続けられなかっただろ」

おれんちもシングルマザーだったけれど、果物屋があるだけ経済的には楽だった。タカシのところはおふくろさんも病弱だったし、なにかとたいへんそうなことはわかっていた。

「そうだったんだ」

「おれのことを同情してくれたんだな、あの人。自転車のダイナモにテトリスのゲーム機をつないだ課題作をつくってくれたんだ。思い切りペダルを踏まないと、なかなかつぎのブロックが落ちてこなくて、遊ぶのたいへんだったんだけどな」

　キングの麗しき夏休みの回想である。

「じゃあ、そのときの恩は返さないといけないな」

　ふふっと氷水のように爽やかに笑って、タカシがいった。

「ゼロワンへの依頼費は、おれのところに回してくれ。おまえの仕事にはおれとGボーイズが直接嚙むことにする」

　めったに見せないタカシのやる気を電話越しに感じた。こいつが本気で怒ると、街がひとつなくなるくらいの爆風を起こすことがあるので要注意だった。

「わかった、情報があがったら連絡してくれ」

「そうする。マコトも真剣に」

　あまり熱くなるなよといおうとしたら、通話が切れた。こんな月並みな依頼におれよりも前のめりになるなんて、王の意向とゲリラ豪雨はよくわからない。

　長いながい店番を終えて、おれはおふくろとバトンタッチした。

池袋の街はでたらめに日照時間がすくないせいで、すっかり湿ってしまっている。先月の夜の街クラスターの発生が尾を引いていて、人出もいつもの三分の一くらいだった。グリーン大通りでも、交差点の先まで見とおせるのだ。異常事態である。

デニーズに着くと、まずアルコールスプレーで手の消毒をした。毎日何回もしているので、手がかさかさになるがしかたない。奥の五人がけのボックス席は、ふたりまでしか座れなかった。店内のテーブルもかなり間引かれているようだ。飲食店はたいへん。

肉の三種盛りはとても食べ切れそうになかったので、つぎに高そうなサーロインステーキとライス、それにサラダを注文した。当然、ドリンクバーつき（店は一時間ごとに消毒してるそうだ）。おれとゼロワンは料理が届くと黙々とたべ、食後ようやくマスクをして低い声で仕事の話を始めた。ステーキはうまかったはずだが、あの雰囲気のせいか実はよくわからなかった。

「コンビニでプリントアウトしてきた」

ゼロワンがそういって、おれに分厚いA4の束を放った。厚みは一センチ弱。ダブルクリップでとめてある。

「そいつはツイッターとインスタグラムで集めた『マイ・フェア・ガール』についてのP活女子の書きこみだ。一軍と二軍があるのは、マコトも知ってるな」

ハルカがそんなことをいっていたのは覚えている。

「ゼロワンの口からきかせてくれ」

「二軍はそのへんに転がっている一般のP活女子だ。プロジェクト・マルでは非公式で面接をおこない、女たちの年齢と容姿で選抜組をつくっているらしい」

なんでも格差の世のなかだった。金と顔は果てしない格差を生む。

「ふーん。一軍の女たちはなにをするんだ」

「高い金を払ったVIP客専門で、女たちにとっても名誉なことらしい。当然、とり分も高くなる。普通なら一軍の合格というのは悪い話じゃないようだ」

「でも、ハルカは違った」

「そうだ。運営にとっては想定外だったのかもしれない」

たいていのP活女子は尻尾(しっぽ)を振って選抜に応じ、金もちのパパを紹介されてよろこんでいたのだろう。ガス漏れ声が続く。

「追いこみをかけるという手口を考えると、やつらは女たちにいうことをきかせ慣れている感じだな。荒っぽい手口で。商売用の道具として見ている」

金を稼ぐための道具が勝手なことをすれば、骨の髄まで脅すか、いうことをきくまで殴りつける。世界の下半分でおこなわれている女商売だった。気が重くなってくる。

「なるほどな。ハルカはとんだマッチング・サイトに登録しちまったんだな」

ゼロワンはメロンソーダをのんでいる。あざやかな緑とスキンヘッドに走るインプラントの角がシュールだ。さすが副都心・池袋。

「その資料の最後の七ページが、今回の目玉だ」

おれは紙の束をめくる気力を失っていた。

「話してくれ」

うれしげなガス漏れ音。きっと今日一日このハッカーは誰とも話していなかったのだろう。コロナはリアルな会話も殺す。

「そこはダークウェブでプロジェクト・マルを調べた結果だ」

ダークウェブは違法ビジネスのジャングル。ドラッグや偽造パスポートやスマホ・銀行口座の転売や外国人の違法就労なんて果実がどっさり実ってる。

「悪のプロジェクトはそこで求人をしている。業務はマッチング、芸能、ファッション企画、金融、飲食だそうだ。まあ採用は若干名だというから、いうほどでかい組織ではないみたいだ。だが、こいつらが求人をしているのはダークウエブにある東日本連合のサイトだ」

ため息が漏れそうだった。

「あの半グレ集団か。なんかめんどくさいことになりそうだな」

東日本連合なら、あれこれと手広く仕事をしているのも当然だった。暴対法施行とデフレの二十年によって、本筋の暴力団は日本の大企業と同じようにダウンサイジングを続けてきた。それとは逆に勢力を伸ばした新興組織が、ゆるやかに横につながる半グレだった。まあGボーイズはその先駆けといえないこともない。東日本連合はなかでも東京圏を中心に勢力を拡大中の一大組織だ。ガス漏れ声がぽつりと漏らした。

「そうだ、タカシでも気をつけたほうがいい」

おれは嫌な気分で、カフェオレのカップをのぞきこんでいた。東日本連合についてはいくらか噂をきいていた。先輩後輩の結束が固く、自分たちは暴力や脅迫など違法行為を平然と行使する癖に、いざ狙われるとすぐに警察に駆けこむ。卑怯(ひきょう)だといっても始まらない。仁義などない。ひたすら利益と成長を求めるグループなのだ。あれ、自由資本主義国の大企業みたい。

「マコトからいっておけ。連合と正面からことをかまえるなとな」

うなずいて、すっかり冷めたカフェオレをのんだ。まるで味がしない。おれはとにかくガキどもの戦争が嫌いだ。

東池袋からの帰り道、もうすぐJRの線路をくぐるトンネルだった。おれのスマホが鳴った。トウヤからだ。

「マコトか、今だいじょうぶかな」

音を切っていたから、気づかなかった。着信はもう四回目。写真も送られていた。返事をしながら開く。

「ああ、だいじょうぶ。ちょっとプロジェクト・マルを調べるために、人に会っていたんだ。気づかなくてごめん」

ディスプレイ一面にトウヤからの写真が広がった。ミニオンズの縫いぐるみの腹が引き裂かれ、白い綿が内臓のようにこぼれ落ちている。

「写真見たよ。こいつはなんなんだ?」

悲鳴が出そうだった。死と暴力の暗示以外に、なにか意味があるだろうか。

あわてて別の写真を開いた。ちいさな女の子が自分の胴体くらいあるおおきなミニオンズの縫いぐるみを抱えている。ビッグスマイル。顔を見てすぐにわかった。目元が母親にそっくりだ。

「この子がカスミなのか」

「そう、ハルカがインスタグラムにあげたカスミの写真なんだ。正月にUSJにいったときのだ。やつら、そいつを見て思いついたんだろうな。ひどいことしやがる」

女の子が好きなキャラクターの腹を裂いて送りつける。脅迫もいいところ。だが、この程度の嫌がらせでは、警察は動いてくれない。話をきいてはくれるが、書類にしておしまい。被害届を一枚受理。まだ誰も重大な被害者がいないから。被害が出てからでは、被害者には手遅れなのだが。

「その縫いぐるみ、どこにあった?」

「桜台(さくらだい)のハルカのマンションだ。オートロックなのに、玄関の扉の前においてあった」

西武池袋線で池袋から四つ目の駅だった。オートロックを抜けるのは簡単だ。住人の誰かについていってもいいし、宅配便の振りもできる。通用口の扉を乗り越えてもいい。犯罪をいとわないようなやつには、実際にはロックなどないのと同じ。

「手紙かなにかなかったか」

トウヤの声は怯(おび)えていた。

「マイ・フェア・ガールのやつら、なんなんだろうな。勝手なこといわずに、いうことをきけってさ。これ、なんだか女の字みたいだ」

女? どうもよくわからない。まあ、半グレにも女はいるのだろうが。

「その手紙の写真も送ってくれ」

「わかった。ちょっと切るぞ。ついたら、折り返してくれ」

地下道のウイロードを抜けたところで、トウヤから新たな写真が届いた。確かに文字の角が丸くて、かわいらしい。しかもピンクのマジックで書かれている。カラフルな脅迫状。

「トウヤ、見たよ。確かに女の字かもしれないな。今、ハルカさんはどこにいる？」

「うちにきてる。すぐそばにいるよ。あの部屋にカスミとふたりにしておけない」

避難できるところがあってよかった。腹を引き裂かれた縫いぐるみをおかれた部屋では、女だけではとても安眠できないだろう。

「ハルカさんに代わってくれないか」

「ちょっと待ってくれ」

衣擦（きぬず）れのノイズがすこし。ハルカの声が続いた。

「お電話代わりました。寺川です」

「ハルカさんのところに電話をかけてきたのは、女なんだよな」

「はい」

駅の北口から西一番街に向かう。酔っ払いがぜんぜんいないクリーンで死んだみたいな池袋だった。おれは記憶のファイルを大急ぎでかき混ぜた。

「確かマイ・フェア・ガールにはマネージャーの女性がいたよね。名前なんだっけ」

「光明寺薫さん。電話がきたのはその人からです」

「そうか。その手紙もその女が書いた感じかな」

「……ええ、たぶん光明寺さんだと思います。すごく厳しい人で、男性のスタッフも叱
別に証拠などなくてかまわなかった。おれたちは警察じゃない。迷った末にハルカがいう。

り飛ばしていましたから」

「タトゥーをのぞかせた男を？」

「はい。わたしが怖がっていたので、もっと力があるところを見せたかったのかもしれないです。ふざけるなといって、男のスタッフに書類を投げつけていました」

自分の配下を手荒くあつかい暴力的な部分をわざと見せつけ、相手を怖がらせ、心理的優位に立つ。裏世界では平常運転の交渉術だった。その手を見慣れているか、あるいは誰かに教わったのか。どちらにしても光明寺薫という統括マネージャーが、今回のターゲットのひとりであるのは間違いないようだ。

「一軍入りの返事だけど、いつまでって期限を切られているのかな」

「いいえ、それはないです。でも、縫いぐるみをおかれてから、もう三回も光明寺さんから着信があるんです。着信拒否にしたほうがいいのかな」

「そいつはやめておいたほうがいい。相手を怒らせるだけだ。しばらくトウヤのところに身を寄せていてくれないか。こちらですこし動いてみる」

口ではそういったが、まるで予定はなかった。相手の姿がおぼろげに見えてきた程度。その先をどうするのかまるで未定である。その夜、おれはドビュッシーをききながら、何度も考えた。正面から東日本連合とことをかまえずに、プロジェクト・マルからハルカを自由にする方法を。まあ、つぎの朝も早いから、気がついたら寝落ちしていたんだけどな。

　翌日の昼すぎ、うちの果物屋の前にGボーイズのSUVが停車した。小山のようにでかい純白のボルボだ。タカシはクルマからおりると、うちのおふくろに紙袋をもっていく。船橋屋のくず餅。部下のひとりに亀戸天神の本店まで買いにいかせたものだ。こいつはだんだんと人をたらす技を向上させている。成長をとめない王様。

「ちょっとマコトを借ります。夕方までには返しますから」

　三十度を超えているのに、長袖の白いシャツにベストを重ねている。おれはさっさとSUVに乗りこんだ。おふくろが感心していった。

「タカシくんはますますいい男になるのに、うちのマコトときたらねえ。爪のあかでも煎じてのませたいよ」

　なぜかうちのおふくろの前ではタカシはいい子だった。

「ああ見えて、マコトにもいいところがあるんですよ。今回もトウヤ先輩のためにひと肌脱ごうとしてる。あいつに女がいないのは、女が面倒だからじゃないですか。おれと同じで」

おふくろが手を打って笑った。

「マコトがタカシくんと同じはずがないだろ。あんたは池袋イチのモテ男なんだから」

キングは勝ち誇った顔で、横目でちらりとおれを見た。こいつの性格の悪さは高校時代から変わらない。しかもなぜかおれの一枚上をいきたがるのだ。池袋の王様のくせにガキみたい。

「タカシにだって、女はいないよ。さあ、いこうぜ。そんなババアと話してると時代に乗り遅れる」

おふくろが腹を立ててなにか叫びだしたが、おれはパワーウインドウのスイッチを押して、スモークガラスをあげてやった。タカシがとなりに乗りこんでくる。Gボーイズの運転手に低い声でいった。

「このあたりを適当に流せ。マコト、ゼロワンはなんだって？」

別人のクールさ。やはりうちのおふくろにはかなり気をつかっているみたいだ。まあ、おふくろはタカシの結婚式があるのなら、母親の席に座るといって譲らないんだが。窓の外を終わらない梅雨の池袋が流れていく。空は灰色、道路は湿ったアスファルト。憂鬱な世界だ。

「一軍の女たちは、マイ・フェア・ガールが用意したVIP客専用らしい。パーティに呼ばれたり、宴席に派遣されたりな。プロジェクト・マルはマッチング・サイトの運営だけでなく、女たちの貸しだしサービスみたいなことをやっているみたいだ。売春もふくめてな」

そいつはゼロワンの資料に書かれていた。複数の女たちがマイ・フェア・ガールのパーティで身体を売ったことを匂わせていた。もともとP活自体がニア売春行為なんだけどな。

タカシの声は澄ましたものだった。向こう側が見える氷みたい。

「ふん、見てくれのいい女を適当に選んで、金と力で好きなようにつかう」

「そういうことだ。たいていの女たちは一軍に選ばれるとおおよろこび。うまいものくって、金もちのおやじから金を引っ張れる。まあ、誰も被害者のいないビジネスではあるよな」

キングは西口五差路（ごさろ）のマルイに目をやった。今年はずいぶん早く夏のセールが始まっているが、客はぜんぜん。

「だけど、トウヤ先輩の彼女みたいな女が引っかかってしまった。うまくいかないもんだな。向こうとしたら、メンツの問題だけだと思う」

タカシがうなずいていう。

「そうだな。ほかの一軍の手前、ひとりだけ好きにはさせられない。もともと金に困ってるだけの、ばらばらの女たちだからな」

それが問題だった。プロジェクト・マルにも半グレとしての意地と矜持があるだろう。はい、そうですかといって、ハルカを簡単に手放すとも思えなかった。女商売というのは面倒である。

「それから、タカシ。マッチング・サイトの裏には東日本連合がいるらしい。あいつら、飲食だとか、ブランドとか、アプリとかいろいろやってるだろ。マイ・フェア・ガールもその一部みたいだ」

SUVは池袋警察署の角を曲がり、ガードをくぐっていく。タカシは低く笑うといった。

「うちと同じだな。まあ、こちらは歴史あるGボーイズで、半グレとは別ものだと考えているが、世のなか的には同じようなものかもしれないな」

すこし心配になってきた。

「ゼロワンがいってたぞ。正面から連合とことをかまえるようなことはするなって。向こうもGボーイズに負けないほどでかい組織だし、手口はなんでもありで、警察のつかいかたもうまい」

タカシがおれを見て、にこりと笑った。

「おれたちみたいに？　おれたちくらい自由自在で、法律のつかいかたがうまいか」

自信家のキング。おれはしぶしぶ認めた。

「いや、正直なところ、おれたちほどじゃない」

「そうだ。マコトとおれがいるからな。東日本連合には、そんな知恵はないだろう。そうだ、トウヤ先輩の彼女の写真見せてくれないか」

おれはスマホで十年前のモデル時代の写真を見せてやった。

「悪くないな。これがハルカか。今では四歳の子もちのシングルマザー。どんな美人でも年はとるもんだな。そいつをおれのほうにも送っておいてくれ」

それからタカシは急に無口になった。ボルボは明治通りに出ると、東口駅前のグリーン大通りをサンシャインシティに向かう。生まれたときから見ているので、超高層ビルもおれにはなんの感情も生まない。そこに山があるのと同じ。

クルマはぐるりとサンシャインを周回し、また明治通りに戻っていく。清掃工場の煙突の足元を抜けて、陸橋を渡り、再び駅の西口へ。おおきく池袋駅を一周して、二十分弱。距離はたいしたことないが、道が混んでるからな。

その半分でタカシはなにかを考えこんで、黙りこくっていた。ウエストゲートパークでおれをおろすと、車内から声をかけてきた。

「ちょっと、おれのほうでいいアイディアが浮かんだ。今回はまかせてくれ。近いうちにマコトに声をかけるから、そのときはよろしくな。しばらくはなにもするな」

めずらしいこともあるものだ。トラブルをほぐして、なんとかハンドルできるようにするのは、いつもならおれの役割なのに。

「だいじょうぶなのか、タカシ？」

キングは女たちがばたばた道端で倒れるような切れ味のいい笑顔を見せた。

「心配するな。おれは池袋のキングだぞ。爆風一発で今回の炎を消し飛ばしてやるよ」

レバノンの大爆発を思いだした。硝酸アンモニウムが二千七百五十トン。トラブルを鎮火するだけでなく、敵と味方ともども吹き飛ばさなければいいのだが。けれど、キングがそういっているのなら、まかせるしかなかった。

おれはやつの忠実な臣下ではないが、気ままな領民のひとりだからな。

という訳で、おれはキングの命令を守り、しばらくなにもしなかった。
だが、ハルカのガードは別だ。二日後、トウヤから電話をもらった。着替えとカスミの好きなおもちゃをとりに、一度桜台のマンションに戻りたい。ひとりでは心配なので、マコトもついてきてくれないか。
おれは店を開けると、おふくろと店番を代わった。迎えにきたのは田畑電気工事の軽ワゴンだ。カスミがおりてくる。ハルカがおふくろに頭を下げていった。
「すみません、この子をよろしくお願いします」

また腹が裂かれた縫いぐるみでもあったら、カスミに見せるのはきついだろう。教育的配慮。

「まかせときな。カスミちゃんだね、フルーツはなにが好きだい?」

「イチゴ!」

「やっぱり女の子はかわいいねえ。マコトさっさといってきな。あたしは夕方から寄席があるからね」

池袋の演芸場も客入りは半分にして、もう通常の興行を再開していた。

「わかったよ。着替えをとりにいくだけだ」

トウヤ先輩も頭を下げた。

「ちょっとマコトを借ります。帰りにもらっていくので、カスミが好きな果物選んでおいてください」

うちの店の売上に貢献してくれる。おれは埃と銅線の匂いがするワゴン車に乗りこんだ。

桜台まで約三十分だった。あれから、嫌がらせはやんでいるらしい。脅しの電話はち

ょくちょくかかってくるが、まだトウヤのほうの住所はばれていないのだろう。西武池袋線は東京のローカル線で、駅の周辺にはのんびりとした商店街が広がっている。

総菜屋やクリーニング店やコンビニなんかが並び、マスクをした主婦や外回りの営業マンが歩いている。商店街を折れて五十メートルほどで、ハルカのマンションだった。白いタイル張りのこぎれいな建物だ。おれは周辺に目をやった。とくに変わったところはない。

「トウヤ先輩はすぐにクルマを出せるように残ってくれ。おれとハルカさんでいってくる」

中層マンションの隣は、一軒家で緑の生け垣が続いている。おれは軽ワゴンをおりて、さらに周囲に目を走らせた。ハルカもおりてくる。駆け足にならないようにマンションに向かった。オートロックの操作盤にハルカが手をかけたところで、叫び声がきこえた。

「おい、おまえら、ちょっと待て」

三人の男たちが駆け寄ってくる。黒いマスクに黒いキャップ。Tシャツから伸びる腕には濃紺の機械彫りのタトゥー。おれのチェックが甘かったようだ。マンション脇の駐輪場の奥にやつらは潜んでいたらしい。必死の形相でトウヤもワゴンをおりてきた。

しかたない。向こうは三人、こちらはふたりだ。こうなれば迎え撃つしかなかった。おれもトウヤも武闘派じゃないが、ハルカを守るためにはやるしかない。プロジェクト・マルの男たちがにやにやしている。ひとりがゆっくりと手袋をはめ始めた。拳（こぶし）を守るオープンフィンガーの打撃系格闘技のグローブ。

「その女、もらっていくぞ。追いこみかけるといっただろ」

グローブの男が近づいてくる。静かな昼下がりの住宅街に猛然とエンジンの音が響いた。続いて急ブレーキの耳をつんざく音も。小山のようにでかい純白のＳＵＶが男たちとおれたちのあいだで急停車する。

パワーウインドウが無音でおりた。タカシが笑っている。

「マコト、しばらくなにもするなといっておいただろ」

グローブの男が手首をぐりぐりと回しながら叫んだ。

「なんだ、おまえら」

タカシはこたえずに無言でＳＵＶをおりてくる。そのまま先頭の男に近づいていった。友達にでも挨拶するような気軽な足どり。

「なめてんのか、てめえ！」

グローブの男が叫んで、右手を引いた。肩を入れたパンチに見せかけたフェイント。

鞭のように走ったのはすこし後方に引かれていた右足だった。この男の得意技なのだろう。右のミドルキック。思わずおれは無駄なひと言を叫んだ。

「タカシ、危ない」

キングはすでにキックを見切っていた。半歩ステップバックしてミドルをやり過ごすと、神速で踏みこんだ。キックの距離を潰し、自分の距離をつくる。グローブの男は両手をあげて、ガードを固めていた。タカシの右腕がその狭い隙間を、縦の拳で撃ち抜いた。人さし指のつけ根が、男の顎の先を叩く。重力が何倍にもなったように、グローブの男はその場にひざから崩れた。

ボルボからさらに三人のGボーイズがおりてきた。タカシは静かな声でいう。

「まだやりたいか」

人形のように動かない男をふたりがかりで抱えて、男たちが口々に叫んだ。

「なんなんだ、おまえら」

「こんな話きいてねえぞ」

男たちは桜台の住宅地を去っていく。タカシがおれをにらんでいった。

「危ないところだったな。おふくろさんにきいて、すぐに後を追ってきた。間にあってよかった」

トウヤはハルカの肩を抱いていった。

「タカシ、ありがとな」

「いいんだ。子どもの着替えがいるんだろ。もうだいじょうぶだ。とりにいくといい」

帰りは尾行がついていないか確かめるため、何度も周囲をぐるぐると回った。商店街の狭い道をな。ボルボの後を田畑電気工事の軽ワゴンがのんびりついてくる。おれのうちまでGボーイズのクルマが護衛についてきてくれた。

無事にカスミとフルーツで一杯のレジ袋を回収して、トウヤ先輩は帰っていく。タカシは運転手にいった。

「トウヤ先輩の部屋は東長崎（ひがしながさき）だ。最後まで安全を確認してくれ」

Gボーイズが直立不動で返した。

「キングは帰りどうしますか」

タカシは笑っていった。

「おれにも足がある」

横から割って入った。

「心配するな。タカシはおれがガードして、送ってやる」

おれより十センチは背が高いＧボーイズの特攻隊が苦笑いしていった。

「マコトさん、ほんとに頼みますよ。大切な人なんだから」

確かにそうなんだろう。この街にとって、Ｇボーイズのガキどもにとって。まあおれにとっては高校からの腐れ縁のダチに過ぎないけど。おれは胸を張っていった。

「ああ、まかせとけ。誰にも指一本さわらせないさ」

そうしないと女性ファンに、おれが殺されるからな。

店からの帰り道、おれとタカシはウエストゲートパークに寄った。五連のグローバルリングの下でベンチに座る。冷たい缶コーヒーはおれのおごりだ。リングの上はまぶしい曇り空。蒸し暑い東京の空だった。

「だけどさ、どうしてうちの店にきたんだ？　タカシのほうでなにか用があったのか」

ただ顔を見に寄ったのではタイミングがよすぎた。キングはサッカー地のサマージャケットの内ポケットを探った。

「忘れていた。おまえに招待状を届けにきたんだ」

黒い封筒には金の箔押（はくお）しでＭＹ　ＦＡＩＲ　ＧＩＲＬ。

「そいつは明後日、金曜夜のマイ・フェア・ガールのパーティのインビテーションだ。もちろん金もち揃いの一軍のパーティだ。マコトもすこしめかしこんでこい」

どういうことだろうか。確かタカシは爆風一発で炎を消しとめるといっていた。おれには完全に意味不明。タカシはひとりで愉快そうだ。

「わかるか、マコト。おれたちふたりで因縁をつけにいくんだ」

わかる訳なかった。悲鳴がでそう。

「東日本連合に因縁か？」

王が狂ってしまった。その後いくらおれがきいても、タカシは笑ってなにもこたえなかった。秘密主義のキング。缶コーヒーをのみ干すと、おれとタカシはリングの下で握手はせずに別れた。

金曜日は朝からしとしとと長雨だった。
西麻布のクラブでパーティが開かれるのは夜八時から。しかたないので、おれは一張羅のオーダースーツを押入れの奥から引っ張りだした。シャツは着ないで、インナーは白いTシャツにした。足元が悪いので、靴はストレートチップの革靴ではなくスニーカー

だ。

七時半にはSUVが迎えにきた。タカシは全身白のコーディネート。白シャツに白ネクタイに、白いスーツにハイカットの白い革のバスケットシューズ。悔しいがこいつはこういう王子様的な恰好がよく似あう。

雨の明治通りをボルボは静かに走っていく。

「タカシ、なにか打ちあわせとかないのか」

「別にない。おまえはゆっくりとシャンパンでものんでいてくれ。いちおうおれの副官ということで、招待状はとってある」

「だけど、よく一軍の秘密パーティが手配できたな」

水滴でまだらに濡れた窓を眺めて、キングがいった。

「東日本連合からはだいぶ前から、業務提携の話をもらっていたんだ。ずっと返事を先延ばしにしていた。今回の件で心が決まったという感じだな」

心配して損をした。そんな裏があったのか。

「わかった。じゃあ、おまえにすべてまかせるよ」

池袋のキングが横目でおれをにらんだ。

「なにいってるんだ？　おまえは、いつだってそうだっただろ」

いつかあの街で革命を起こして、王の首をはねてやる。今夜は高みの見物だけどな。

クラブの名は「ハニー・ビー」。どえらく腰がくびれた蜂女のキャラクターがトレードマーク。IQの低そうな店。クラブやライブハウスばかり入居した雑居ビルの最上階ふたフロア分だった。おれとタカシ、それに護衛のGボーイズの特攻隊がふたり、入店のチェックを目つきの鋭いガキから受けた。やけに暗いエントランスで、黒シャツの男に招待状を渡す。

「すこしお待ちください」

若い男が奥に走りこんでいく。連れてきたのは、メキシコ人のように日焼けしたチョビひげの中年男だった。光沢のある黒いシルクのスーツに、シャツの胸ボタンはふたつ開け。肩越しにこちらもフィリピンパブのホステスのように日焼けしたホルタートップのシルバーブロンドの女が続いている。腕はやけに細いのに、Hカップはありそうな胸。豊胸っぽい。それも海外での手術だろう。シリコンは、日本では片方の胸に五百ccまでが一般的。

男はタカシの顔を見ると業務用の笑顔をつくった。

「わざわざお運びくださって、ありがとうございます。池袋のGボーイズとお近づきになれるなんて光栄です、安藤崇さん。わたしはこういう者です。そちらがバイスプレジデントの真島誠さんですね」

名刺をくれた。㈱プロジェクト・マルＣＥＯ　アンディ丸岡。女がすすみでる。新たな名刺がもう一枚。

「マイ・フェア・ガールの統括マネージャーをしてます。光明寺薫です。おふたりともどんな女の子が好みか遠慮せずにおっしゃってくださいね。うちはどんなタイプでも、とりそろえてますから。のちほど丸岡とご挨拶にうかがいますから、ＶＩＰ席でどうかおくつろぎください」

　おれたちは若い男に先導され、螺旋階段をあがった。下階はダンスフロアで、上階がＶＩＰ用の個室らしい。目の高さでミラーボールが回り、レーザーライトが光の刃となって闇を裂いている。ＤＪがかけるのはモータウン初期のダンスクラシックと最新のＥＤＭのミックス。巨大な液晶パネルにはサイケデリックな映像が流れている。おれはダンスフロアを見おろしていった。

「アイドルとか、ＩＴ社長とか、どっさりいるな」

　男性アイドルグループのメンバーに、ネットニュースで顔を見る飲食チェーンやＩＴ社長の顔が、何人かずつ。その周りには一軍のＰ活女子が群がっている。奇麗な顔をしているが、ただそれだけ。合算の得意な女たち。タカシは凍りついた表情でいう。

「空気が悪い。早く池袋に帰りたいな」

賛成。ここにいる男も女もおれのピープルではなかった。ガラス張りのＶＩＰ席で、高いシャンパンをがぶのみしてやった。

パーティが始まって三十分後、おれたちのところにパーティの主催者がやってきた。アンディ丸岡と光明寺薫。どちらも本名ではなさそうだ。そのとき、おれたちはダンスフロアを見おろす手すりにもたれ、フルートグラスをもっていた。

日焼けしたメキシカンがいった。

「どうです、楽しんでますか？　安藤さんなら、ここにいる人間、男でも女でもご紹介しますよ」

おれはアンディ丸岡を眺めていた。こいつはタカシをまるで知らない。フロアで踊るタレントや社長みたいな二流どころと同じ人種だと思っているのだ。欲望の根を押さえれば、なんでも便宜を図ってくれる単純な大物たち。光明寺がタカシの肩に手をかけて、人造の胸を揺らした。

「キングさんはどういう女の子がお好きかしら。今ここで、フロアにいる子を指さしてくれたら、誰でもお望みの場所にお届けしますよ。お近づきの印として、今夜のお代はいただきません。真島さんはどの子がお好き？」

混雑したクラブのなかには一軍の女たちが七、八十人はいそうだった。指さすだけで、好きな女を選び放題。それはぐらりとくるよな。

タカシが静かにダンスフロアにうなずきかけた。あちこちで同時に動きが起きた。おれたちといっしょに入店してフロアに潜んでいたＧボーイズの特攻隊がＤＪブースを押さえ、音楽を停止させた。耳が痛いほどの静寂がその場を支配する。タカシはこのクラブに二十名はくだらないＧボーイズを潜入させていたようだ。

誰かが映像を切り替えた。巨大な液晶パネルに、十年前のハルカの写真が映しだされた。こぼれるような笑顔に、ざっくりした黄色いサマーニット。特攻隊がＤＪのマイクを奪って叫んだ。

「池袋Ｇボーイズのキングから話がある。黙ってきけ」

ふざけるなー、マイ・フェア・ガールのガキが叫びだしたが、すぐにＧボーイズに制圧され、結束バンドで手首足首を極められ、床に転がされた。逆らう者がいなくなる。

アンディ丸岡が叫んだ。

「安藤さん、これはいったいどうなってんだ？」

タカシは王の鷹揚さでこたえた。

「ひと言だけ告げにきた。そこの女は、おれの女だ。おまえたちは、おれの女に手を出した。意味がわかるか」

光明寺が両手をあげた。

「ちょっと待って。あの子はうちのマッチング・サイトにいた女の子で、Gボーイズとは無関係でしょう」

タカシは統括マネージャーを無視していった。

「あれはおれのものだといったはずだ。おまえたちはおれの女に追いこみをかけたな。マンションで張っていたやつは、もう元気か」

光明寺の顔色が変わった。キングはいう。

「おまえたちはおれの女を、ここにいるコールガールにまで堕とそうとした。おれは東日本連合と手を組んでもいいと考えていたが、提携話はすべて白紙に戻す。これはGボーイズの総意だ。いいか、しばらくおまえたちのメンバーを池袋に寄越すなよ。くるなら、まともな身体では帰さない」

おれはタカシにウインクをしてやった。何行もある長台詞を口にするようなキャラではないのだ。今夜はよくがんばっている。王を褒めてやりたいくらい。タカシは照れたように口元をとがらせた。

「いくぞ、マコト」

おれは笑ってうなずいた。キングがＤＪブースにうなずきかける。特攻隊が叫んだ。

「撤退だ、Ｇボーイズ」

潮が引くようにクラブ中からボーイズが消えていった。おれたちも螺旋階段をおりて、ダンスフロアを横切った。タカシを見ていたアイドルが、ひと言「カッケー！」と漏らしたのをおれはきき逃さなかった。

まあ当然だよな。アイドルごときと池袋のキングじゃ、背負ってるものの重さが違う。男が見てもタカシのほうが段違いだ。おれは別につきあいたいとは思わないけどな。

その後、何回か交渉がもたれたようだが、結局のところＧボーイズと東日本連合の提携話は立ち消えになった。おたがい無干渉で、それぞれの場所でそれぞれの業務に邁進（まいしん）する。もともとこのふたつのチームは、体質もまったく違っていたので、今回の件がなくとも同じ結果になっていたと、おれは思う。
ハルカへの嫌がらせは、あのクラブの夜を境にぴたりとやんだ。
今ではハルカもカスミも、うちの果物屋の常連だ。カスミはすっぱい果物が好きらしく、おれはめったに売れないドラゴンフルーツを、よく仕入れるようになった。

マイ・フェア・ガールについては、もうあんたも知ってるよな。あの場にいた男性アイドルが六本木のホテルにおもち帰りした一軍の女が未成年で、相当なニュースになったからだ。最近は芸能界もコンプライアンス全盛だから、あの「カッケー!」のガキは無期限活動停止処分。まあ人気も力もあるやつだから、半年もしたらまた現場に復帰するのだろう。

おれとしては、そのときはすこし応援してやってもいいかなと思っている。

タカシとつぎに会ったのは、八月の半ばだった。

おれたちはまたグローバルリングのしたで、缶コーヒーをのんだ。今度もまたおれのおごり。池袋のキングに貸しをつくる機会は逃したくない。真夏の日ざしが五重の影を丸く落とす円形広場の中央では、噴水が透明に噴きあがっている。

「おまえが連合に因縁つけるっていったときは、狂ったのかと思ったよ」

タカシは八月でも涼しい顔。そういえば、こいつが汗を流しているのを見たことがない。

「まかせておけといっただろ。たまにはおれも頭をつかう役をやりたいからな。いつもマコトにまかせ切りはよくない」

王様はそんなことを考えていたのか。ウエストゲートパークの東武デパートロから、トウヤ先輩とハルカとカスミがやってくるのが見えた。カスミがちぎれるように手を振っている。これから台湾からきた小籠包の名店で、遅いランチをする約束なのだ。今回の件の礼で、そちらはトウヤのおごり。八月の熱風が吹いて、キングの前髪を揺らした。

「だけど、ほんと驚いたな。『あれはおれの女だ』。先輩の彼女つかまえて、よくあんな恥ずかしい台詞をいえたもんだよ、タカシも」

おれも家族のような三人に手を振った。ハルカも手を振り返してくれる。

「キングの女は今日もきれいだな」

ぴきぴきとあたりの空気が凍りつく音がした。タカシは笑顔だが、心底腹を立てているみたいだ。どうやらキングの逆鱗にふれたらしい。

「いいか、マコト。小籠包屋で今の話をひと言でも漏らしたら、一撃で眠らせてやるからな」

ハルカのマンション前での、衝撃のジャブストレートを思いだす。危険な王様。おれはもう笑ってなにもこたえなかった。四歳のカスミが腕を開いて駆け寄ってくる。おれよりもタカシに抱っこされたがっていたようだが、おれは有無をいわさずに母親似の女の子を抱きあげた。それから底の知れない深さの青空に、しばらくカスミの笑顔を吊るしておいた。

グローバルリングのぶつかり男

ぶつかり男を知ってるかい？

そいつは黒いキャップをかぶり、黒いマスクをしている。服装もだいたいは上下黒のコーディネート。おまけにたっぷりと荷物の詰まった重いデイパックを胸の前に回し、アーマーのように身を守っているのだ。そんな恰好をした背の高い男がずんずんと勢いをつけ、ウエストゲートパークや駅の東西を結ぶ地下通路、サンシャイン通りなんかで、でたらめな体当たりをしてくるところを想像してくれ。出会い頭に体重百二十キロのアメフトのラインマンみたいなショルダータックルをかましてくるのだ。通行人が吹き飛ぶくらいのな。

やつの目は怒ったように細められ、完璧な無表情。ぶつかっても立ち止まりも、謝りもしない。重戦車のように相手をなぎ倒し、池袋の人波に足早に消えていく。腹が立つことに、ぶつかり男がまっすぐ狙いをつけるのは、女性や子どもなんかの自分より身体がちいさい相手ばかり。おおきい者がちいさい者を餌食にする（賢い者が愚かな者でもいいよ）デフレ以降のニッポン社会では、耳タコものの理不尽なエピソードである。

今回のおれの話は、長雨の秋の池袋に発生した「ぶつかり男」とそのコピーキャット（模倣犯）をめぐる街のちいさな犯罪の物語。おれは若い男が怒りを抱えるのは悪いことじゃないと思う。誰だって、社会やシステムに復讐したいと願うときがあるよな。これまで世のなかには散々打たれまくってきたのだ。でも、その怒りを自分より弱い者にぶつけるのは、誰がなんといっても間違いだ。

日本では首相が替わり、アメリカでは大統領選が近づいている。あんたの怒りはつぎの選挙とかスポーツとかアイドル声優の応援とかで発散させてくれ。あんまりストレスを溜めこみ過ぎちゃいけないよ。

まあ、そんな真っ当なアドバイスをしているおれのほうが、毎日新たなストレスを抱えているんだけどな。果物屋の店番も、汚れた街のトラブルシューターもつらいのだ。

冷たい秋の雨が降る午後、おふくろがスマートフォンを見て叫んだ。

「マコト、ちょっとテレビつけとくれ」

うちの店先にはにぎやかしで、ちいさな液晶テレビがおいてある。まあ、おれが店番をしているあいだはめったにつけないんだけどな。おれはもっぱら音楽専門。リモコンの電源ボタンを押してやる。明るくなった液晶画面ではニュースが流れていた。

「チャンネルは？」

「そのままでいいよ。今、お友達からラインがきたんだ。『ぶつかり男』のニュースをやってるって」

この二カ月ほど池袋では「ぶつかり男」の話でもち切りだった。若い女や小中学生なんかを狙って、体当たりをかましてくる頭のいかれたガキの噂だ。おれも店のレジ奥にあるテレビに注目した。

「こいつは駅の地下通路だね。東武線の改札がちらっと映ってる」

おふくろのいうとおりだった。池袋駅の地下街にある監視カメラの映像なのだろう。画面奥のほうから若い女のふたり連れが楽しそうにおしゃべりしながら歩いてくる。学生だろうか、テキストを胸に抱えていた。手前から黒いキャップの男が競歩の選手並みのスピードで早歩きをして、そのふたりに近づいていく。直撃コース。右手の長い髪の女が男に気づき、一歩友人のほうに避けた。おふくろが叫んだ。

「なんだい、この男はどうしようもないやつだね」

黒ずくめのガキは、道を譲ってくれた女のほうにわざと進路を変えて、突き進んだのである。男の胸には分厚い黒のデイパック。身体も二回りはおおきい。監視カメラの映像は無音だが、おれは確かに彼女の悲鳴がきこえた気がした。

女子学生はそのままテキストをまき散らしながら、石張りの床に尻もちをついて倒れこんだ。友人が駆け寄り、テキストを拾っている。体当たりをされた女はしばらく立ちあがることができなかった。痛みをこらえる顔。友人が怒りの表情で、男の背中に向かってなにか文句をいっているが、ぶつかり男はまったく気にもとめず、同じスピードで歩き去っていく。

やつはつぎの獲物を狙っていたのだ。今度はエコバッグを肩にさげた中年女性にぶつかりそうになる。けれど、その女は一部始終を見ていたのだろう。間一髪のところで、黒い人間ブルドーザーを避けた。足をふらつかせながら。

画面がスタジオに戻って、完璧なメイクを施した女子アナウンサーが原稿を読みあげた。

「池袋駅周辺でぶつかり男の被害が先月から多数報告されています。警察では傷害罪と東京都の迷惑防止条例違反の容疑で、加害男性の行方を追っています」

女子アナの抑えた怒りの表情は、すぐに明るい笑顔に更新された。

「続きまして、秋の味覚の王様マツタケの話題です。今年は長雨のため生育がよく、国産のマツタケの価格も……」

「もういいよ。消しとくれ、マコト」

おれはわが家の女王の命ずるまま店先のテレビを消した。マツタケなんて何年もくってないし、たいして好きでもないからな。

「それにしても、いったいなんなんだろうね」
おふくろの怒りは収まらなかった。あんな衝撃映像を見せつけられたら、当たり前。全国ニュースだから、これでまたこの街の評判が落ちるのだ。
「よくわかんないけど、あいつはわざと弱い女を狙って、体当たりをしてるんじゃないかな。嫌な話だけど、きっと愉快犯で、癖になってるんだと思う」
電車の痴漢と同じなのだ。異常心理の症例を集めた本で読んだことがある。捕まれば社会的な生命を失うことになる痴漢行為を止められない男がこれほど多いのは、頭のなかが「痴漢」にとりつかれているからだという。性犯罪依存症なのだ。理性では抑えられない。異常なスリルに病みつき。あの黒いデイパックの男にとって、女性に体当たりをすることはきっと痴漢行為と同じ意味をもつのだろう。「体当たり」依存。おれたちの病気って、どんどんカラフルに細分化されていくよな。

「おまえは池袋じゃあ、ちょっとは名の知れたトラブルシューターだっていうじゃないか。タカシくんに頼んで、ぶつかり男をなんとかできないのかい」

おれは頭を抱えそうになった。街のトラブルをすべて解決していたのでは、身体がいくつあっても足らない。

「タカシは慈善事業でGボーイズのキングを張ってる訳じゃないんだぞ。街のガキを動かすにはけっこうな金がかかるんだ」

ぶつかり男はGボーイズの直接的な脅威にはならないだろう。傷害罪といっても軽いものだし、都の条例違反なんて、池袋では今日も何百件も起きているに違いない。この街は間抜けには優しくなんてないからな。

「なにが金だよ。正義の味方が金くれとか、領収書くれとかいうかね。まったくだらしないったらないよ。いい年した男の癖に」

なぜかぶつかり男とGボーイズへの怒りが、おれのほうに向いてきた。おれは走りの富有柿（ふゆうがき）に戻った。ダンボール箱から大切にとりだして、店先のザルに積んでいく。ひとつ二百四十円もするのだから、それはていねいにな。

おふくろが手を振って叫んだ。

「晴美さん、今日もお達者で！」

輝くオレンジの柿から顔をあげた。西一番街の通りは、粉雪みたいに細かな雨粒で煙っている。その奥には目にまぶしいイタリア製の真っ赤なレインコートを着たおばあちゃんの姿があった。突き当たりにある焼肉屋「京城楼」の隠居・晴美バアだ。おれのガキの頃からのいきつけ。生まれて初めてタン塩をくったのも、ハラミの旨さを知ったのも、梨が浮いた夏の冷麺の切れ味を覚えたのも、あの店である。

それから、おれとおふくろはだらだらと話をしながら、十分ばかり待った。晴美バアは五年ほど昔、脳出血をやっている。後遺症で左半身が不自由なのだ。歩幅は二十センチくらい。電動の高級車椅子ももっているのだが、毎日ひとりで街を歩くリハビリを欠かすことはない。うちの店の前までやってくると、晴美バアがいった。

「おや、おふたりさん、いつも仲がいいねえ。この商店街じゃあ、あんたたち親子が一番の仲よしじゃないかねえ。ブックエンドみたいにいつもひと揃いだね」

ぞっとする。このばあさんは身体は不自由だが、頭の回転は昔と変わらなかった。おれは富有柿をおいていった。

「やめてくれよ、晴美バア。この鬼社長に安月給で、毎日こきつかわれてるの知ってるだろ」

赤いレインコートが疑わしそうにおれを見ていう。

「嘘をおいいでないよ。マコトがそんなに働いてるはずないだろう。いつまでもふらふらして、おふくろさんをもっと楽させてあげなきゃダメだろうが」

おふくろが勝ち誇っていった。

「さすが晴美さんはよくわかってる。うちのマコトときたらねえ。いつまでも女のひとりもつくらずに、どうでもいいようなもめごとばかりに首突っこんでさあ」

年をとった女って、恐ろしいよな。おれはちいさくなって、柿の積み重ねに戻った。ちいさなことからこつこつと。おれのモットー。

晴美バアが転倒防止用の先が四つに分かれた杖を突いて、おれの目の前で立ち止まった。しんどそうだが、顔には出さない。強いばあさん。

「ほう、いい色の柿じゃないか。デザートにでもつかえそうだね。いい品を見繕って、店に二十ばかり届けておくれ」

「はーい、毎度あり」

四千八百円の売上が一瞬で立つ。なんだか落語の楽隠居みたい。おれが七十五歳になったとき、脳出血で身体の半分が不自由になり、亀と同じくらいの速度でしか歩けなくなっても、これほど気丈でいられるだろうか。池袋の街にはすごい年寄りがごろごろしてる。

「よかったら、腹を空かせておいで。うちのまかないをご馳走するよ。じゃあね」

「いつも済まないね、晴美さん」

おふくろが声をかけた。晴美バアは急に真剣な顔になって、正面を向いた。険しい視線の先には西一番街のゲートが雨に霞んでいる。

「さあ、今日もやるよ。あたしゃあ、絶対にまた杖なしで、この足で歩いてみせるんだからね」

晴美バアの日課は三十五度を超える猛暑日だろうが、秋の小ぬか雨だろうが変わらない。西一番街の奥の焼肉屋から商店街を抜けて、ウエストゲートパークの円形広場を一周して戻ることなのだ。おれならほんの十分足らずで済む散歩が一時間を超えるつらいリハビリになる。おふくろとおれはまた十分間、だらだらとおしゃべりをしながら晴美バアの赤いレインコートがゲートをくぐるのを見送った。

なあ、人の背中ってすごくたくさんのことを語るよな。

おれは飛び切りうまい柿を選んでやろうと、もうひと箱のダンボールを開けた。

いつの間にか雨空が暗くなった午後六時、おれはピカピカに輝く富有柿を二十個もって、果物屋を出た。おふくろは晩飯をつくるのが面倒だから、近くのそば屋で済ませるといっていた。おれのほうはもちろん京城楼のまかないが目当てである。もう二十年は経っているすこし曇ったガラス扉を押して、声をかける。

「晴美バアの注文を配達にきたよ。おやじさん、今日のまかないなに？」

奥の調理場から顔を出したのは、モダンな晴美バアにはぜんぜん似ていない丸々と太った息子・典之さんだ。おれは料理人は太ってるほうが好きである。なんだかつくるものもうまそうに見えるよな。

「おう、マコトか。済まないが、こいつをくったらさっさと帰ってくれ」

もみ海苔が山のようにかかったまかないは、おれの好きな牛ハラミのバター醤油焼き丼だった。京城楼ではこいつにレモンを思い切り搾って回しかけるのだ。おれはステンレスのカウンターに柿を置くと、立ったまま丼に手を伸ばした。

「わかった。三分で片づけて帰るよ。おやじさん、なにかあったの？」

おれは立ったまま丼をくらい始めた。立ちぐいって、なんだか血が騒ぐよな。浮かない顔で、晴美バアの息子がいった。

「ああ、病院にいかなきゃならない。うちのおふくろが西口公園で転んじまってな。医者がいうにはそのまま入院することになりそうなんだ」

「晴美バアが転んだ？」

だるまさんとは訳が違う。おれはあの人の散歩に何度かつきあったことがあったが、歩みは遅いが足どりはしっかりしていた。

「ああ、なんでも若い男とぶつかったらしい」

「その男はどうなったの？」

「行方知れずだよ。最近の若いやつときたらな、謝りもしないんだから。どうしようもねえな」

代わりにおれが晴美バアに謝りたかった。

「入院するなら、フルーツでももってお見舞いにいくよ。どこの病院なんだ？」

「首都高のガード下の池袋病院だ」

おれにとっては通い慣れた場所。サンシャイン通り内戦（シヴィルウォー）のとき、薫（かおる）といっしょに兄貴の茂（しげる）の手術を待った病院だった。

柿とメロンをもって病院にいったのは、翌日の午後だった。おふくろからは長居はするなと釘を刺されている。おれも晴美バアの顔だけ見て帰るつもりだった。外科のナースステーションで病室をきき、消毒液くさい廊下を歩いているときだった。

「おい、マコト。なんの用だ？」

無遠慮で無神経な声が背中に当たった。振り向くのは嫌だったが、しかたない。

「そっちこそなんだよ、吉岡さん。おれは近所に住んでるばあちゃんの見舞いにきただけだ」

池袋署生活安全課の万年平刑事・吉岡が十五年物のペラペラのナイロンコートを着て、薄暗い廊下に立っている。近くにはおれも顔を知らない若い刑事。ルールを守って、チームで動くなんてこいつらしくない。吉岡は露骨に顔をしかめた。

「清水さんのところか」

「そうだよ。清水晴美バアだ」

わざとらしい溜息をつく。

「まったくおまえはなにか事件があると、すぐに首を突っこんでくるな」

事件？　ウエストゲートパークで年寄りが転倒するのが、どんな事件になるのだろうか。忙しい刑事が事情聴取に二名も出張ってくる。おれの頭が急回転を始めた。まあ、たいした速度じゃないんだけどな。昨日のニュース映像がひらめいた。

「……ぶつかり男か」

「まあ、その線が濃厚だな」

若い刑事が吉岡を止めた。

「ちょっと待ってください、先輩。一般人に捜査情報を漏らすなんて……」

吉岡がさらに薄くなった髪をかいて笑ってみせた。

「こいつはいいんだ。うちの署長のお墨つきももらってる。こう見えてマコトは池袋署の表彰を二回もらってんだ」

突然の秋の猛暑日襲来だった。吉岡がおれをほめるなんて、十年に一度くらい。中年薄毛刑事はおれを見てにやりと笑った。

「まあ、逮捕されそうになったことは、その三倍はあるけどな。なにせGボーイズの夕カシも、このマコトもずる賢いやつでな。なかなか尻尾をつかませない。こっちとしては、いつぶちこんでやってもかまわないんだが」

犯罪歴のない一般人に対して相当な台詞だった。若い刑事がおれに会釈（えしゃく）をよこした。

「真島誠さんでしたか。噂はあちこちからきいてます。署長のご友人でしたね。拳銃強奪犯逮捕のおとり捜査については、吉岡さんからたっぷりうかがいました」

口の利きかたがちゃんとしていた。おれや吉岡と違って、どこかいい大学を出ているのだろう。若い刑事の挨拶を無視して、吉岡がいった。

「おまえのところになにか情報が入ったら、ちゃんとおれにも流すんだぞ。昨日のニュースからぶつかり男は全国区になった。今朝、警察庁長官から署長に電話があってな、迅速な犯人逮捕が命じられたんだ。今、池袋じゃ一番熱い事件だ」

おれは吉岡をわざと疑わし気な視線で眺めてやる。若い後輩の前で恥をかかせるチャンスなのだ。逃がす手はない。

「ふーん、あんたが事件を解決したら、ようやく生活安全課の課長の椅子も見えてくるってもんだな。おれのほうからも礼にいによくいっとくよ。服装のセンスは悪いけど、熱心な刑事さんですってさ」

「てめえ、マコト。なめた口利くんじゃねえぞ」

やっといつもの吉岡の調子が戻ってきた。若い刑事が笑いをこらえている。吉岡の顔は真っ赤だ。驚いたことに、すぐに吉岡の声が冷静さをとり戻した。

「まあ、いい。ちょっと顔貸してくれ、マコト」

おれはあっけにとられて、馴染みの刑事の顔を見つめた。

おれたち三人が向かったのは、窓の向こうに首都高の高架線が黒々とそびえる休憩コーナー。硬いビニールのベンチと自動販売機が淋しく置いてある。微糖の缶コーヒーは吉岡がおごってくれた。

「いいか、これから話すのはオフレコの話だから、外には漏らすなよ」

おれを見てにやりと笑った。意味はおれもわかっている。いちおう念は押しておくが、好きなように情報をつかってもいいんだぞ。若い刑事の手前そういうしかないのだろう。おれは黙ってうなずき返しておいた。

「池袋署に被害届があった分だけで、ぶつかり男はこの二カ月間に八件の事案を起こしている。届け出がなかった件をあわせると、二十近いんじゃないかと、おれたちは予想してる」

「……そんなにたくさん」

反応が遅れてしまった。池袋はおれのホームグラウンドだが、それほど多発しているとは思ってもみなかった。

「ホシは黒いデイパックを胸にさげた若い男だ。ニュース映像だけでなく、ほかにもいくつか監視カメラの映像が残ってる」

　吉岡がごそごそとステンカラーのコートの内ポケットを探った。

「こいつが一番写りのいい写真だ。おまえにやる」

　若い刑事がちいさく叫んだ。

「吉岡さん、いいんですか。それは一級の捜査資料ですよ」

　手を振って、中年刑事がいう。

「いいんだよ。ぶつかり男の映像なんて、ユーチューブでもあふれてる。こいつの裏には北東京一のハッカーがいてな、こんな写真よりずっと解像度の高いやつが、いくらでも手に入るんだ」

　おれは差しだされた写真を手にとった。やや粗いモノクロの映像。黒いキャップに、黒いマスク、黒の長袖Tシャツに、黒のパンツ。筋肉質の細身の身体つき。

「身長は？」

　吉岡が肩をすくめた。

「横にあるコーヒースタンドのカウンターの高さから割りだしたんだが、百八十一センチ、プラスマイナス一ってところだそうだ」

　若い刑事が悲鳴のような抗議の声をあげた。確かに重要な犯人情報である。

「吉岡さん！」

吉岡は若い刑事に振りむくと、一喝した。

「いいんだっていってんだろうが、やかましいな。おまえはまだ池袋のガキの情報網の凄さをわかってねえんだ。いいから、おれにまかせとけ」

おれは気の毒な新米にうなずいておいた。吉岡は少年課にも長くいたから、この街の灰色ゾーンの力関係をよく理解している。おれに向き直るといった。

「こいつをおまえにやるということは、タカシにも話をつけてくれって意味だ。おれのほうからの依頼だといっておいてくれ。生活安全課に貸しをつくるいい機会だとな。おれが借りたもんは必ず返すのは、おまえもよくわかってるだろ」

おれはしっかりと首に力をこめて、うなずいた。吉岡も、おれも、タカシも、Gボーイズも借りたものは必ず返す。そんなことは改めて、口にするまでもなかった。そうやって、決して優しくはないこの街で生き延びてきたのだ。

「わかったよ、吉岡さん。タカシには伝えておく」

吉岡は微糖の缶コーヒーを一気にのみ干した。

「おふくろさん、元気か？　このあとでおまえの果物屋に顔を出す予定だったんだ。手間がはぶけた。マコト、Gボーイズの件、後で報告しろよ。いくぞ」

若い刑事は立ちあがると、おれに一礼してナイロンコートの裾を翻し病院の廊下を遠ざかる吉岡を追いかけた。おれは手のなかの缶コーヒーを見つめた。百十円。このおごりの分だけでも、吉岡のために動かなければならない。

借りたものは返すのが、この街の掟だ。


吉岡からもらった写真をスマートフォンで撮影し、転送する。直後にタカシに電話を入れた。一部上場企業のようなすかした女性秘書の声がする。おれからの電話にも取次が出るということは、この何年もキングにはプライベートの時間は存在しないのだろう。おれが洒落た池袋流ジョークをいう前に、タカシに代わられてしまった。

「どうした、マコト?」

冷気とともに耳に吹きこむ声。やつの声はその辺のアイドル声優に負けないくらいのクールな色気がある。

「生活安全課の吉岡から依頼を受けた。ぶつかり男を捜してほしいそうだ。男の身長は百八十一センチ、プラスマイナス一。写真はもうおまえのスマホに送っておいた」

「ああ、見てる。こいつがぶつかり男か」

「被害届が出ているだけでも、二カ月で八件だそうだ。届け出のない分を含めると二十件近いらしい。おれも今近所のばあちゃんの見舞いに、池袋病院にきてる。ウエストゲートパークで、そいつに体当たりをくらって、昨日から入院してるんだ」

「そうか、災難だったな」

相変わらず内面を感じさせない冷凍ビームのような声。

「生活安全課に貸しをつくりたいなら、真剣にやってくれと吉岡がいっていた。おれもそろそろ動くときだと思う」

タカシの声が微妙に変わった。玉座の上で王様がおもしろがっている。お気に入りの道化がめずらしく真剣なお願いをしたのだ。

「へえ、おまえが本気になるのか」

「ああ、毎日退屈だし、女や年寄りばかり狙って、思い切り体当たりするなんて、男としても最低のやつだろ」

ふふふと含み笑いをして、キングがいう。

「確かに最低の男だな。生活安全課に貸しをひとつか。悪くはない話だ。いいだろう、Gボーイズを動かそう」

池袋の街で人捜しをするなら、警察よりも有能なGボーイズだった。キングのひと言は絶対だ。これで街のガキのネットワークに、ぶつかり男探索のスイッチが入った。

「助かるよ。吉岡には報告しておく。おれも今日から、ぶつかり男の件にとりかかることにする。もうすこし情報が引っ張れないか、吉岡を揺さぶってみる」

不思議なものだ。生彩を失っていた目の前の風景が、急に生きいきと弾んで見えだした。蛍光灯の薄暗い病院の休憩コーナー、首都高のコンクリート脚で暗い窓、すり切れたリノリウムの床。どれも好ましく思えてきた。おれは事件が起きていないときは半分しか生きていないのかもしれない。

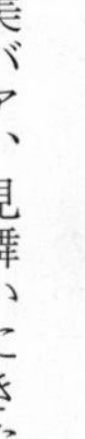

「晴美バア、見舞いにきたよ」

四人部屋のカーテン越しに、おれは陽気に声をかけた。ミルク色のカーテンを割って、京城楼のおやじさんが顔を出した。

「よう、よくきてくれたな、マコト。おふくろは今、鎮静剤で眠ってるんだ」

おれはベッドサイドのテーブルにフルーツの入ったレジ袋を置いた。晴美バアは点滴につながれて首をすこし斜めにして眠っている。パジャマは赤白のチェックにさくらんぼが乱れ散るポップな柄だった。モダンな晴美バアらしい。

おやじさんはバツイチで、奥さんはいない。ひとり息子は優秀で、アメリカの大学で経営学を学んでいるという。ＭＢＡとか、なんとか。焼肉屋は継がないという話。おやじさんは枕の位置を直し、晴美バアの頭をまっすぐにしてやった。

「マコト、ちょっといいか」

おれは声をかけられて、おやじさんと廊下に出た。看護師がやってきて、会釈して去っていく。おれとおやじさんも会釈を返した。なんか病院って人を紳士にする力があるよな。ふーっと長い溜息をついて、おやじさんはいう。

「今回はまいったよ」

「晴美バア、よくないのか」

憂鬱そうな顔をして、焼肉屋の丸々と太ったおやじさんがいう。

「ああ、医者から説明を受けたんだ。転んだときにおふくろは骨を折ったそうだ。大腿骨の端っこで、腰骨とつながってるところらしい」

おれの声もつい低くなった。晴美バアは眠っているんだけどね。

「そいつは治るのか」

おやじさんは首を横に振った。

「いや、おふくろも年でな。骨粗鬆症とかいうんだ。骨端がぐずぐずになってるから、骨はもうつながらないだろうという話だった」

今度はおれの声が悲鳴のようになる。脳出血で左半身が不自由になっても、毎日のリハビリを欠かさなかった晴美バアなのに。

「じゃあ、どうするんだよ？」

「手術して、人工関節に置き換えるんだそうだ」

おれは暗い廊下の傷だらけの床から顔をあげた。

「そうすれば、前と同じように歩けるようになるんだ？」

おやじさんは浮かない顔をしている。

「いや、医者がいうにはもう歩くのはむずかしいみたいなんだ。これからは車椅子の生活になるだろうって。うちもおまえのところと同じで、一階が店で二階が住まいだろ。エレベーターもないし、バリアフリーなんて欠片もない」

おれはそんなことは考えてもみなかった。

「じゃあ、晴美バアはあの足で階段の昇り降りをしてたんだ」

おやじさんの目を見ると薄っすらと涙ぐんでいるのがわかった。

「ああ、おふくろはいつも強がりをいってさ。毎回途中で休みを入れながら、十分近くかけて二階にあがってたんだ。くそっ、おふくろが車椅子か」

おやじさんが拳の底で叩くと、びりびりと壁が震えた。

「それでな、マコトにひとつ頼みがあるんだ」

おれはぶつかり男捜しの依頼だと思って、すこし身構えた。だが、おやじさんが口にしたのは予想外の台詞。

「おふくろはおまえのこと、えらく気に入ってんだ。うちの息子は海の向こうだしな、孫代わりにちょくちょく病院に顔を見せにきてくれないか。おまえの顔を見ると、おふくろ元気になるんだよ。うちのハラミくい放題でいいから」

おれは太った焼肉屋のおやじを間違って、抱き締めそうになった。もちろん見舞いくらい何度でもきてやるつもりだった。おれは丸い肩に優しいパンチを入れていった。

「くい放題はハラミだけなのかよ。おやじさん、特上ロースとカルビもつけてくれよ」

京城楼の特上ロースとカルビは三千円だ。味はいうまでもなく最高。おやじさんは涙目で笑っていった。

「いいだろう。入院中は全部ただにしてやる。それにしてもなあ、あのぶつかり男の野郎……」

おれはジャージのポケットにあるぶつかり男の写真に、そっと指先でふれた。

「ああ、あのガキにはきっと正当な裁きが下る。いや、絶対にそうなるとおれは思うよ」

それまで他人事（ひとごと）だったぶつかり男のトラブルは、そのときからおれの個人的な事件になった。晴美バアとおやじさんの無念を晴らすのだ。京城楼の特上ロースとカルビもかかってるしな。秋の長雨で湿っていたおれの頭がようやくすっきりと動きだした。

ぶつかり男の前に全力でタックルしても揺るがないコンクリートの壁を用意してやろう。自分の勢いでクラッシュするくらいの硬く高い壁である。おれは池袋病院からの帰り道、低い雲に頭を押さえられながら、ただひたすらこの街にいるはずのぶつかり男について考え続けた。


店に帰ると、おれはおふくろにすべてを報告した。

晴美バアは手術になる。大腿骨骨端の骨折のため人工関節置換術を行うことになる予定だ。おふくろは険しい顔で、おれと同じ質問をした。

「だけどさ、晴美さんはまた歩けるようになるんだろう」

希望を与える返事をしたかったが、事実を伝えるしかない。

「手術で痛みは治まるけど、もう歩くのは難しいと、医者はいっているみたいだ」

おふくろは手にしていたはたきを放りだすと叫んだ。

「高い金とって、なにが人工関節だよ。ふざけるんじゃないよ。晴美さんは毎日あれだけリハビリがんばっていたのにさあ」

流行りのアニメの人食い鬼のようにおれをにらみつけてきた。頭から食われそう。

「マコト、タカシくんには話を通してくれたんだろうね」

「ああ、あいつもGボーイズも全力でやってくれるってさ。それと吉岡のおっさんも。今じゃぶつかり男が池袋で一番熱い案件らしい」

おれはポケットのなかの写真を、おふくろに見せるかどうか迷った。こんなものを見せたら、街に獣（けもの）を放つようなものだ。だが、相手はどこに出没するかもわからない。こちらの目と手はできるだけ多いほうがいい。おふくろにだってGボーイズに負けない西一番街商店街のネットワークがある。

「池袋病院で吉岡さんにもらったんだ。そいつの身長は百八十くらいだって」

おれはモノクロの監視カメラの写真を渡してやった。じっと黒ずくめの男をにらんで、おふくろは首を傾げた。

「こんな若い男がねえ。まだ子どもみたいな顔をしてるじゃないか」

顔の下半分は黒いマスクで見えない。目は無表情で、硬い怒りを沈めているようだった。おふくろには三十代半ばまでの男は、みな若いのだろう。

「そんなに若くはないかもしれないぞ。とにかくそいつが今回の獲物だ」

おふくろは池袋西口に立つガンマンのように両手を腰に当て、千円札を一枚差しだして、おれに命じた。

「マコト、コンビニにいってきておくれ。その写真のコピーを百枚とってくるんだよ。あたしのお友達全員に配るんだからね」

おれは池袋の秋の空を仰いだ。若い刑事はいっていた。この写真だって一級の捜査資料である。それが西口商店街の女たち全員の共有となる。生活安全課もたまらないよな。

「わかった。すぐにいってくる」

おふくろは目を細めていった。

「それからね、今回の件についてなら、いつ店を離れてもいいからね。店番も店仕舞いも、あたしがやってやるよ」

悪くない提案だった。これでおれの生活もすこしは文化的になるというものだ。街の本屋や好きなカフェには週三で顔を出したいもんな。

おれは近所のコンビニで百枚のコピーをとりながら、吉岡のスマートフォンに電話した。平刑事なので、タカシのように取次の秘書はいない。だみ声が返ってくる。

「なんだ、マコト？」

こいつの語彙（ごい）のすくなさは、コロコロコミック並み。

「タカシに話をした。Gボーイズも全力で動いてくれる」

唸（うな）るような重い返事。

「……そうか」

「それと、あのぶつかり男の写真を、おふくろにも見せた。商店街のみんなに配って、目を光らせるそうだ」

「なんだ、バックでがしゃがしゃいってるのコピー機か。おまえのやり口は容赦ないな」

「それはそうだろ。あんたたちみたいに都民に愛される警視庁を目指してたら、いきなりぶつかり男の写真をばら撒くなんてできないもんな」

「法律とか、手続きとかいろいろあんだ。しかたない。おれは警察官だ。まだ、おまえはおれに用があるんだろ」

伊達に池袋のストリートを二十年もぶらついている訳ではなかった。吉岡は吉岡なりに勘がいいのだ。おれは声を下げていった。

「さっきのぼんぼんの刑事は近くにいないよな。おれ、ああいうエリート臭いの苦手なんだ」

おれと同じ庶民派の刑事が鼻で笑った。

「ああ、やつはいない。パソコンだけは上手いんだが、どうもいけ好かないガキだ。用件を話せ」

「もっと捜査資料と情報をくれ」

吉岡が深々と長い溜息をついた。

「あのなあ、マコト、おれは公務員で生活安全課の刑事なんだぞ」

もうすぐ百枚のコピーが終わりそうだった。ソーターつきの高級機はいいよな。

「わかってるさ。オリジナルをくれなんていってない。分厚い資料を読むのは苦手だしな。吉岡さんがポイントだけまとめたメモとかあるんだろ。そいつをおれに送って欲しいんだ」

「おまえってやつは……」

おれは百枚のA4用紙を、コピー機の上でとんとんとまとめた。考えてみたら、おれは百万円の札束を手にしたことはない。きっとこれくらいの厚さになるのだろう。池袋の底辺を生きている店番A。まあ、悪くない生活だけどな。おれは軽口をたたいた。

「スマホで写メを送ってくれてもいいよ」

浮かない声が返ってくる。

「そいつはダメだ。いざというとき証拠として残っちまうからな。じゃあ、五時に西口公園でどうだ？」

それでいいといった。今回のおれは自由に店番を代わってもらえる優雅な身分。

午後五時のウエストゲートパークでは夕空の下、グローバルリングが王冠のように輝いていた。人はコロナ以前のようにたくさん。おれはレザージャケットを着こんで、べ

ンチで震えていた。まだそれほど寒い訳じゃないけれど、身体が秋の終わりの気温に慣れていないのだ。

ゆっくりと船が岸に到着するように、池袋署のほうから吉岡が歩いてきた。年代物のナイロンコートに両手を突っこんでいる。おれに気がついてもダルそうな表情を一切変えなかった。挨拶もなく隣にどすんと腰を落とす。

「ほれっ」

半分に折ったコピー用紙を差しだす。Ａ４で二枚。開いて確かめると、一枚は犯行があった八件の日時、場所、被害者が書かれていた。もう一枚は犯人の肉体的な特徴がいくつか。二枚目のほうはあの監視カメラの写真から、解析したもののようだがさして見るところがなかった。痩せ型で長身であることと推定年齢二十五〜三十歳というくらい。

それより問題は犯行日時のほうだった。

「なんだ、ぶつかり男の被害って全部水曜日だったんだ」

つまらなそうに吉岡がいった。

「ああ、あの野郎はなんらかの理由で、毎週のように水曜に池袋にやってきて、女や子どもに体当たりしてるんだ。いかれたやつだな」

「あの若い刑事は？」

「水曜にこの街でなにが起きてるのか調べさせてる。おれよりパソコンだけは上手いからな」

池袋で何千となく開かれるイベントを想像した。気が遠くなりそうだ。

「ふーん、刑事の仕事も変わったんだな」

「ああ、最近の若いやつはなにか起きたら、まず検索だ。似たような事件は起きてないか。そのときの犯人はどうなったか。あいつも網を広げて、関東全域で調べてる。足で稼ぐなんてのは時代遅れになっちまったのかな」

薄くなった頭をかいた。ふけ症の頭皮から粉雪のような白い粉が落ちる。おれは身体をずらし、吉岡から距離をおいた。コロナも嫌だが、おやじのふけなんて最低。

「おふくろさん、元気にしてるか」

独身中年不潔刑事がうちのおふくろに淡い恋心を抱いているのは、おれもずいぶん昔からわかっている。もちろん恋の成就の手助けなどしないけど。

「ああ、元気だよ。今回は近所の焼肉屋のばあちゃんがやられたから、すごく力が入ってる。もしかすると、あんたたちやGボーイズよりおふくろのほうが犯人にたどり着くのは早いかもしれないな」

吉岡はにやりと笑った。

「そいつも悪くないな。そうしたら、親子二代でうちの署から表彰状だ」

「そういうのいらないから、金一封とか温泉旅行の券とかくれよ」

吉岡は立ちあがると、ぽんぽんと安いパンツのひざを叩いた。公害だ。パンツに溜まったふけがウエストゲートパークに拡散する。環境汚染。

「まあ、あまり危ないことはするなと、マコトのほうからいっといてくれ。ぶつかり男逮捕は警察の仕事だ。またメロンの串でもくいに寄らせてもらう。おふくろさんによろしくな」

吉岡はグローバルリングの下、ナイロンコートの裾を捨てられたレジ袋のように翻して去っていく。あと身長が十五センチあって、体重が二十キロ軽ければ絵になるんだけど。

おれはもらったばかりの捜査資料を読むために、ウエストゲートパークの向かいにあるコーヒーショップにぶらぶらと歩いた。

おれが店に戻ったのは九十分後の六時半。

「ずいぶんと遅かったじゃないか」

出迎えてくれたのは、おふくろの小言だった。夕方と閉店前の一時間が、さして売れない駅前の果物屋の書き入れどきだ。おれが気の利いた返事をしようと口を開いたところで、レジ脇にある液晶テレビから音声が流れた。

「東京池袋にまたぶつかり男があらわれました。しかも今回はふたりです」

画面はイブニングニュースの女子アナから監視カメラの映像に切り替わった。今度は小太りの中年男だった。黒い服ではない。ユニクロのダウンベストにチェックのシャツ、太めのチノパン。マスクは白の不織布製だ。幅広い歩道と背後のケヤキの枯葉で、グリーン大通りだとわかった。若いＯＬ風の女に背後からぶつかっていく。

「その場で近くにいた大学生に確保されたのは板橋区在住、無職の菊池一馬容疑者四十二歳で、犯行は初めてで余罪はないといっています」

おふくろがテレビに視線を向けたままいった。

「こいつはあの写真のぶつかり男じゃなさそうだね」

おれはうなずいた。

「ああ、こんなチビじゃない。体型がぜんぜん違う」

女子アナが原稿の続きを読んでいる。

「もうひとりのぶつかり男の映像も、我が局が独自ルートで入手しました。スクープ映像です」

二件目はカラー映像で、細部もはっきりしていた。ニットキャップをかぶった中肉中背の若い男。青いトレーナーの胸にはなぜかテキサス州の旗。ジーンズ。白いバスケットシューズはコンバース。ぶつかって押し倒したのは女子高校生だった。男は倒れた女子高生を見てびっくりしたようで、急に駆けだしていく。東口の西武デパートの前だ。女子アナが最後にいった。

「ふたりめのぶつかり男の行方を池袋署では全力で追っています。つぎは保険金目的の殺人事件の続報です」

おふくろは自信なさげにいう。

「こっちも違うようだけど、どう思う、マコト?」

中年の目からすると若い男はみな似たように見えるのかもしれない。

「違うよ。身長が五センチは低いし、服装も黒じゃない」

おれは吉岡の資料から一番大切な部分を抜きだした。

「晴美バアを襲ったぶつかり男は、きまって水曜にこの街にあらわれる。理由はわかっていない。二カ月で八件だから、ほとんど毎週のようにな。服装は黒以外は着ていないらしい」

おれのほうを振り向いて、おふくろがいった。

「よくそんな情報がわかったね。今日は何曜だっけ?」

晴美バアがウエストゲートパークで体当たりされたのが昨日。今日はオリジナルのぶつかり男が降臨するタイミングじゃない。

「木曜だ。ニュースのふたりはネットかテレビで池袋のぶつかり男のことを知って、自分もやりたいと思ったんだろうな。若い女に思い切りタックルをするのは、セクシーでクールだってさ」

おふくろが怒気をふくんだ低い声でつぶやいた。

「頭のおかしな変態野郎！」

おれの口が悪いのは、この街でこの母親に育てられたせいだ。成育環境によるもので、生まれつき下品だった訳じゃない。

「ふたりとも模倣犯なんだろうな。さっきカフェで調べてみたんだけど、ネットではいかれたガキの間で、ぶつかり男＝スーパーヒーロー説が流行ってるんだ。のさばりだした女たちに天誅を下す男性至上主義のヒーローだって。そいつらがいうには、男が歩いてきたら、女のほうが道を譲るのが当然なんだそうだ」

おふくろがぎらりと光る目で、おれをにらんだ。手には菜切り包丁。メロンやパイナップルを切るやつな。

「マコト、そいつらをこの店に片っ端から連れてきな、全員三枚におろしてやるよ」

おふくろに賛成。そんなことになれば、うちの店先がとんでもない異臭を放つ生ごみ置き場になるだろうが、この世界もすこしは清潔になることだろう。

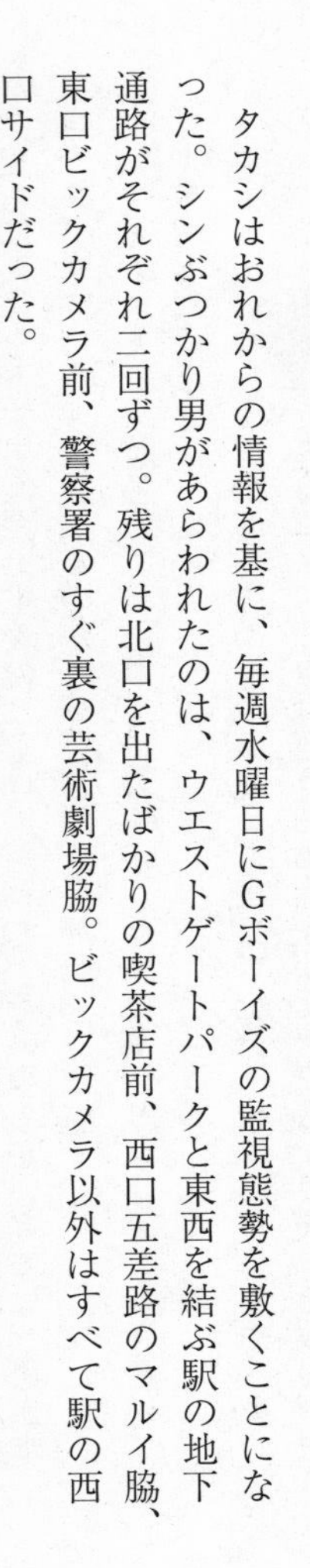

タカシはおれからの情報を基に、毎週水曜日にGボーイズの監視態勢を敷くことになった。シンぶつかり男があらわれたのは、ウエストゲートパークと東西を結ぶ駅の地下通路がそれぞれ二回ずつ。残りは北口を出たばかりの喫茶店前、西口五差路のマルイ脇、東口ビックカメラ前、警察署のすぐ裏の芸術劇場脇。ビックカメラ以外はすべて駅の西口サイドだった。

時刻は遅めの午後から夕方のあたりに集中していた。午前と午後六時以降には犯行は行われていない。どういう事情があるのかわからないが、ぶつかり男には周期的に地球に近づいてくる彗星のような規則性が確かにあるようだ。

つぎの水曜はあいにくの雨模様。十一月の雨って、身体の芯まで冷えるよな。湿っぽい分、雪が降るより寒く感じるくらい。おれはタカシと芸術劇場のガラス屋根の下にいた。手にはスターバックス・ラテのホット。キングから見えないところには、ボディガードがふたり控えている。VIP生活は不自由だ。

白く凍った息を吐いて、若き王がいう。

「吉岡の情報は確かなのか」

三角形のガラス屋根まで高さは三十メートルはあるだろうか。モダンな教会の大伽藍のようだ。ほこりでくすんだ屋根には鳩が寒さに体を縮め点々ととまっている。

「きっとな。あのおっさんなりの考えも加えてあるから、一番いいネタだと思うよ。まあ、おれたちにはそれ以外に頼る情報もないからな」

「クリスマスまでにはけりをつけなきゃならない。Gボーイズのチームを八つも動かすのは、コストがかかる。いくらかの手当ても、食事代や交通費も、こちらが持つんだ」

キングにしてはめずらしく金の愚痴。組織を動かすのもたいへんなのだろう。まあ、その割にはGボーイズの公用車はいつも馬鹿みたいに高価な外国製のSUVなんだけど。

「ああ、さっさとお仕舞いにしたいよな。冬の張りこみはしんどいもん」

タカシはちらりと横目でおれを見た。オフホワイトのムートンのコートはイタリア製。

「おまえはほとんど張りこみの役に立ってない。別に顔を出さなくともいい」

やんごとなきかたにも話し相手が必要だろうと思って、わざわざ現場に足を運んでいるのに、礼儀を知らないキングだった。

「わかったよ。コーヒーのんだら、帰る。店番もあるしな。タカシはせいぜい鳩でも眺めててくれ」

おれは雨のなかウエストゲートパークを横切り、うちに帰った。小雨なので傘はもっていない。欧米人ではないが、おれはとにかく傘が嫌いなのだ。

警察とGボーイズ、おまけに西口商店街が厳戒態勢を敷いた最初の水曜日は、残念ながら不発だった。ぶつかり男は池袋に出現しなかったのだ。模倣犯がふたりもあらわれたのに、肝心の本ボシは全国区のニュースになったことを警戒したのか、気配を消してきたのである。

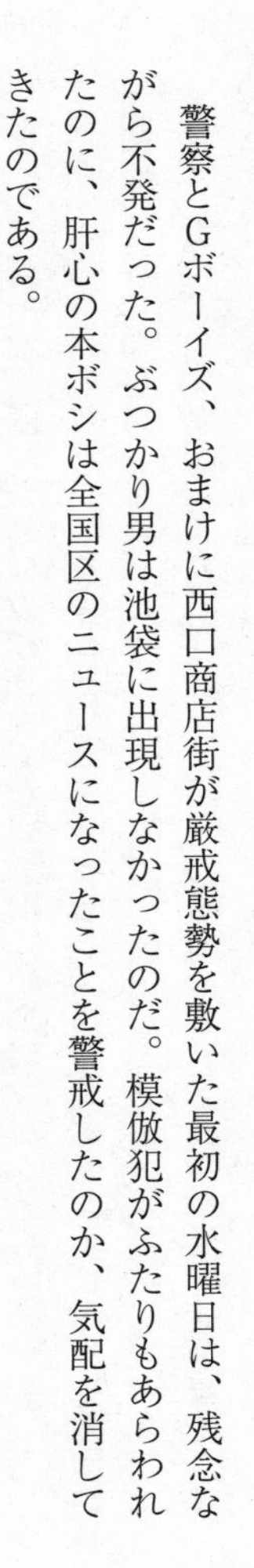

つぎの水曜を待つ、じりじりと長い時間が始まった。池袋の街は日本のどことも同じで、コロナ前の八割ほどの低空飛行が続いている。西口も東口も元気がないのは同じだった。変わらないのは若いガキが用もなくうろつき回ってることとくらい。みんなマスクはしてるんだけどな。その一週間で変わったことといえば、無事に晴美バアの人工関節の手術が済んだこと。おれは京城楼のおやじさんとの約束通り、ほとんど毎日病院に顔を出してやった。当然、特上のロースとカルビをくい放題。こちらのほうはさすがのおれでも、脂っぽ過ぎて毎日は無理だったけど。

その頃おれが店のCDプレイヤーでかけていたのは、フーゴー・ヴォルフがつくった歌曲「ネズミ捕り男」。詞を書いたのは文豪ゲーテだ。内容は例の有名なハーメルンの笛吹き男から。不気味な歌曲はネズミだけでなく、若い女や子どもも気がむくとさらっていくという怪物のような男の物語。池袋駅西口のぶつかり男にぴったり。ヴォルフは日本ではあまり人気ないけど（シューベルトなんかに比べるとな）、いかにもロマン派って感じでなかなか沁みるよ。

また巡ってきた水曜日は、朝から快晴だった。

当然、池袋署・Gボーイズ・商店街のスクラムで監視態勢はほとんど完璧。おれは前回と同じように、キングとともに動いていた。今度は池袋駅の地下通路である。あそこは東京メトロに東武線にJRといくつもの駅につながっているうえ、デパートやらブティックやら飲食店やらが無数に連結した大地下街になっている。

おれとタカシは地下街をガラス越しに監視できるコーヒーショップで、午後三時から待機を始めた。目の前の明るい通路を十五分おきに警官がパトロールしている。角にはそれとなくGボーイズのふたり連れが立っていた。

「タカシ、こんな調子だとまた空振りになりそうだな。とても獲物に体当たりする隙なんてないだろ。街中警官だらけだ」

タカシの声は真冬のアイスラテより冷たかった。

「そうかもしれないし、そうではないかもしれない。おれたちがやることは、どっちにしても変わらない。予断をもたずに、網を張り続けるだけだ」

クールな王様。おれはすこしタカシをからかいたくなった。

「Gボーイズの公式行事なんかで、めちゃくちゃ退屈なミーティングとかあるだろ。あいうのよくタカシはつきあえるもんだな」

慇懃無礼な微笑を固定して、池袋のガキの王がいった。

「おまえの欠点は、ひとりで勝手に退屈して放りだすところだ。それではデカい仕事はできない」

一本とられた気分だった。すぐに先を読んでしまうのは、おれの悪い癖。ときにはじっと耐えないとな。まあおれには退屈はなによりも恐ろしい強敵なんだが。そのまま待機を百分。その間に切れ目なくおれたちはコーヒーを注文している。店に悪いから。三杯目のカフェオレには、おれは手をつけなかった。

おれたちの隣のテーブルにいたGボーイがスマートフォンを抜いた。低い声でなにかひと言話すと、顔色を変えてタカシにいった。

「やつがきました。有楽町線の改札近くで……」

タカシの動きは稲妻のようだった。報告の途中で駆けだしている。ここは東武デパート近くのカフェなので、有楽町線の改札までは直線距離で二百メートルは離れているだろう。自動ドアを抜けるキングの背中が叫んだ。

「後からこい、マコト。やつを捜すぞ」

おれもすぐにタカシの背中を追った。地下通路をスラロームのように人を避けながら全速力で飛ばすキングの姿がどんどん遠くなる。すこし身体を鍛えないといけないと痛感した。鈍足（どんそく）ではこの街のトラブルシューターは務まらない。

タカシに遅れたとはいえ、おれも三十秒後には現場に到着していた。すごい人出。警察官はもう十人を超えている。盛んに無線機で誰かと話していた。人の輪の中央には女の子が体育座りをしている。ランドセルではなくどこかの学習塾のカバンを背負っていた。小学校五年生くらいか。頬には涙が乾いた跡がふた筋光っていた。婦人警官がしゃがみこんで、ぶつかり男の写真を見せている。周囲で黄色と黒のツートーンの規制線が張られ始めた。
タカシとおれはテープの外から、事情を聴取されている女の子を眺めていた。
「身長百三十五センチ、体重は三十キロを切るくらいか」
おれがスマートフォンで犯行現場の写真を撮りながらつぶやくと、タカシの氷のナイフのような声が響いた。

「十歳の女の子を全力で突き飛ばすって、どういう神経だろうな」

視線を向けるとキングが笑っていた。ぞっとするような笑顔。おれならこんな顔をしたキング率いるGボーイズに捕まるくらいなら警察官に逮捕されるほうがずっとましだった。ぶつかり男は決して無事では済まないだろう。

「悪いな、ちょっとどいてくれ」

肩を叩かれると同時に吉岡の声が耳元できこえた。中年刑事が規制線をくぐって、現場に入っていく。やつは女の子のスカートから伸びる小鹿のような脛(すね)を見ると、自分のコートを脱いでさっとかけてやった。薄毛でもふけ症でも背が低くて小太りでも、吉岡のおっさんは断然紳士なのだ。

女の子の横にしゃがみこむと、ちらりと視線をあげた。おれを見てから、タカシをじっと見つめる。キングは吉岡に会釈するとおれにいった。

「いくぞ、マコト」

タカシは速足で歩きながらいった。

「ウエストゲートパークに停めた指揮車に戻る。今、二百人近いGボーイズで西口サイドの駅の改札、地下通路の出口、バス乗り場、駐輪場を固めている。うまくすれば、やつが網にかかるだろう」

おれたちは公園に通じる階段を駆けあがり、路地に停めてある黒のアルファードに乗りこんだ。後部座席は改造され、パソコンデスクとモニタが四台据えられている。たくさんの点が池袋のマップの上でうごめいていた。ヘッドセットをつけたGボーイが報告を受けている。

「芸術劇場口、未確認」「東武デパート前、未確認」

「駅北口、未確認」「西一番街出口、未確認」

「ホテルメトロポリタン、未確認」

ぶつかり男発見の報告があがらないまま、五分刻みで時間が過ぎていく。だが、タカシはあきらめなかった。それからの九十分、何百という空振りの報告をききながら、平然と氷のように澄んだ決意の表情を変えない。誰もが文句をいわずにキングについていくはずだった。指揮車のなかに詰めるガキは誰もが集中して、気をゆるめてさえいない。

おれは静かにアルファードのスライドドアを開いた。ウエストゲートパーク脇の路地に戻りながらいった。

「おふくろと店番を代わらなきゃいけない。済まないが、もうすこしがんばってくれ」

おれは両手の親指を立ててサインを送った。臭いセリフをつい吐いてしまう。

「この街の平和はおまえらの肩にかかってる」

タカシもGボーイズもやると決めたら、やるだろう。たとえ今回が空振りだとしても、またつぎの水曜日には全力を尽くすのだ。おれもやつらに負ける訳にはいかなかった。背中にグローバルリングを背負いながら、タイル敷きの広場をゆっくりと歩いて店に帰る。

この街にぶつかり男は確かにいたのだ。次回は絶対に捕まえてやる。どんなにやつが全力で体当たりしても、揺るがない壁のなかに閉じこめてやるのだ。おれは夜の闇が迫る十一月の空の下、心をふつふつと沸騰させていた。

店に帰る途中、横目でウエストゲートパークを見た。
曇りがちの夜空のもと、都心の公園は閑散として灰色に冷えこんでいた。グローバルリングは電飾を仕こんだ安い王冠のように、ぼんやりと広場を照らしている。きっとぶつかり男は、今回もするりと警察とGボーイズと西口商店街が張った網から逃げだしてしまったのだろう。悪運の強いやつ。

薄手のダウンジャケットのポケットに手を入れた。万年平刑事の吉岡からもらった捜査資料が指にふれる。そのときのおれはなにかを考えていた訳でも、摑んでいた訳でもなかった。気がつくとA4のペーパーをとりだしていた。公園脇の路地に立ちどまり、この二カ月間、ぶつかり男が出現した場所を眺めていた。八カ所の×。

このウエストゲートパークで二回、池袋駅の地下通路が二回、あとは北口のカフェ前、五差路のマルイ近く、それに芸術劇場脇の小道がそれぞれ一回ずつ。東口のビックカメラ前でも一回あるのだが、こいつは例外としてとりあえず無視しておこう。八件中七件は西口側なのだ。

おふくろからはこの件に関して店番をいつでも免除すると公認をもらっているので、おれはぶつかり男が事件を起こした七カ所を順番に回ってみることにした。意味などないし、目算もない。ただほんの数ミリでもいいから、ぶつかり男の心象に近づけないかと思ったのだ。

おれが着ていたダウンは、やつと違って黒ではなく、今年流行りのブラウン。だが、心は狩人に切り替える。ぶつかり男をハントするほうの狩人じゃないよ。やつと同じように体当たりして、吹き飛ばせるような女や子どもがいないか、獲物を探す気分で歩くのだ。

不思議なことに、やつの視線で池袋の西口を歩くと、いくらでもおいしい獲物がいるジャングルにこの街が見えてくる。意識しないうちに速足になり、肩で風を切って歩くようになっていた。

最初にウエストゲートパークを一周した。

晴美バアが突き倒されたのは、フクロウの彫刻の足元。バスターミナルでは二十代の女性会社員がやられている。こちらのほうは幸い怪我はなかった。そのまま芸術劇場にいき、薄暗い脇道に入る。ここでは女子中学生がショルダータックルを受けている。アスファルトに手をついたとき、右手の中指にひびをいれている。

公園脇の階段をおりて、地下街を獲物を探しながらうろついた。ここは一分間に数千人の通行人が無尽蔵の泉のように湧きだしてくるので、いくらでも好きな獲物を選ぶことができた。

これは日本だけの特徴なのだろうか。道いく人はみな無防備で、誰かと肩がふれても、謝りもしないし、言葉を発することもないようだった。注意して観察していると、これほどの混雑なので、意外なほど清潔な地下街のあちこちで微妙な接触事故が起きている。誰もが無言のままなにもなかったように通り過ぎていくだけだ。ここは東京池袋で、みな洗練された都会人なのだ。もうすこし愛想があってもいいんだけど。

地上に戻ると、北口に向かった。古手のカフェでは今日もネットワークビジネスとAV女優の勧誘が行われていることだろう。若くておしゃれなカモが大勢。ぶつかり男の現場はやはり圧倒的に駅の周辺が多かった。そのまま通りを渡り、西口五差路に獲物を探しにいく。閉店が決まったマルイはまだ元気に店を開けていた。ほんの二、三百メートルだが、この犯行現場が駅から一番遠い場所だった。

実際に歩いてみるとよくわかった。毎週水曜日、やつはこの街にやってくる。そして目的地と駅の間を往復して、ついでに体当たりする獲物を探しているのだ。そのときのやつの気もちは、どんなものだろう。おれはぶつかり男になりきって、だんだんと駅から遠ざかっていった。

西口五差路は、豊島地方合同庁舎と池袋署を結ぶほんの一キロちょっとの劇場通りと駅から練馬方面に向かう要町(かなめちょう)通り、それにうちの果物屋がある西一番街につながるみずき通りという三本の道がぶつかる交差点だ。みずき通りはこの交差点で消えてしまうので、五差路になる。

そのうち圧倒的に道幅が広くて明るいのは、要町通りである。もう暗くなっているが、夕めしまではまだ時間があった。おれは明るい光に誘われる蛾のように要町通りをふらふらと歩いていった。きっとぶつかり男も、ここを何度か歩いたはずだ。

横断歩道を渡り、立教通りのある西池袋側をぶらぶらと歩いていく。駅から離れるとだんだんとショップが消えて、ビジネスビルが増えてくる。池袋も立派なオフィス街なのだ。そのままさらに五分ほど、おれはあてもなく秋の終わりの通りを歩いていった。すっかり駅前の喧騒から離れたころ、おれはコンビニの角で住宅街に消えていく薄暗い道に目をやった。

二車線の狭い道の二十メートルほど奥、なぜか自転車とスクーターがびっしりととめられていた。予備校か、宅配便の倉庫でもあるのだろうか。そちらのほうに自然に足が向いてしまう。

雑居ビルの一、二階が警備会社になっていた。二十代から四十代くらいまでの男たちが、ガラスの引き戸を開けて、なかに入ってはすぐに戻ってくる。㈱ホライズン警備保障。ガードマンの制服を着たままのやつ、学生風の恰好に着替えたやつ、Bボーイ風にヤンキー風。多くの男たちがやってきては去っていく。みな日雇いの警備員なのだろう。

おれは学生風のガキに声をかけてみた。

「すみません、ここの警備会社って、仕事きつくないですか」

何シーズンか前のユニクロを着た二十代の男がうれしげにいった。

「普通のガードマンの仕事だよ。そんなにきつくないと思うけど。ここでバイトしたいの？」

手には警備会社のロゴが刷られた封筒。そうか、みんな上機嫌なのは今日が給料日なのか。

「ええ、面接受けようか迷ってて。払いもいいんですよね。週給なのかな」

「毎週水曜払いだよ。週給だと助かるよね。なんだったら、面接官紹介しようか。厳しいけどけっこういい人だよ」

「いや、また今度」

おれは礼をいって、その場を離れた。気のいい学生バイトを見送ってから、思い切ってガラスの引き戸を開け、警備会社に入っていく。何十人ものガキが出入りしているのだ。怪しまれることはないだろう。

入ってすぐの狭いロビーに受付の長机が出されていた。バイトの警備員はそこで自分の名前を名簿に書いて、奥の部屋に向かう。三文判をとりだしながらな。会議室のような部屋から戻るときには、週給が入った封筒をもってくるという流れ。おれはロビーに置かれた硬いビニールのベンチに座り、しばらく観察していた。友人のつきそいの顔をして、スマホをいじりながらね。

十分ほど様子を見てから、また要町通りに戻った。そのままさらに練馬のほうへ、五分ほど歩く。だが、もうおれの観察には熱が入らなくなっていた。

頭のなかには、毎週水曜にバイト代を支払う警備会社しかなかったのだ。

一週間の稼ぎを受けとり、上機嫌で気がおおきくなった黒ずくめの身長百八十一センチのガキの姿が、おれの頭には焼きついていた。

やつはきっと来週の水曜日にも、ここにやってくるだろう。西池袋五丁目の警備会社へ。

おれが店に帰ったときには、おふくろはかんかんだった。店番を代わってから、晩めしの準備をするのが、いつもの流れだったからだ。

「なに油売ってんだい、マコト」

「悪いわるい。ちょっとぶつかり男の現場を回ってきたんだ。なにかヒントはないかなと思ってさ」

警備会社のことは黙っていた。この情報はまだ誰も気づいていないだろう。おれが情報を流す先は三カ所ある。吉岡刑事がいる池袋署生活安全課、タカシが王を務めるGボーイズ、それにおふくろがいる池袋西口商店街。おれはまだ誰と手を結ぶのか決めていなかった。

まあ、これが空振りという可能性もあるしな。

おふくろは仕方ないという顔をして、スマートフォンを抜いた。

「じゃあ、今夜はウーバーとるよ。マコトはなにがいい」

「やった！」

おふくろのみそ汁と煮魚の晩めしより、ウーバーのほうがうれしい。池袋周辺には世界中のありとあらゆるレストランがあるのだ。その夜は結局タイ料理に決まった。おれはトムヤムクンつきのガパオ大盛り。おふくろは同じくスープつきのパッタイ。タイ米ってさらっとしてうまいよな。

その夜、おれは自分の四畳半からキングに電話した。ＢＧＭはボリュームを抑えたフーゴー・ヴォルフだ。ドイツ語の発音には妙な鎮静作用があるよな。はやる気もちを安らげてくれる。取次が出て、すぐにタカシに代わった。

「なにか進展があったのか」

おれはいいカードをもっているときには、絶対に話をあせらない。

「そっちこそ、あの後どうなった？　Ｇボーイズご自慢の包囲網も今回は空振りだったみたいだな」

タカシの声は一瞬で液体水素のように冷えこんだ。

「皮肉をいうためにかけてきたのか」

下々からの進言に慣れていないのだ。神経質な王様。おれはタカシを無視していった。

「いつもみたいに全部の駅の改札、バス停なんかに張りこみをつけたんだろ」

「そうだ。Ｇボーイズだけでなく、私服警官も張っていた」

「だけど、ぶつかり男には逃げられた」

ほんのわずかな間が空いて、空気がさらに三十℃ばかり急降下する。

「そうだ」

「もしかすると、やつは自転車かスクーターで池袋を離れているのかもしれない」

電話の向こう側がアラスカの十二月くらいに温かくなる。

「なにか摑んだな、マコト」

察しのいい王様。

「ああ、犬も歩けばなんとかだよな。毎週水曜日に給料を精算する警備会社を見つけた。要町通りの先だ」

「そうか、話せ」

おれはホライズン警備保障について話した。水曜の夕から夜にかけて、切れ目なくやってくるバイトとたくさんの自転車とスクーター。

「なるほど。有力な情報だな」

「ああ、おれはぶつかり男が捕まらないのは、公共交通をつかってないせいだと思う。駅の近くで事件が起きているから、みんなすぐに電車で逃げたと思いこんでいるけど、実際には獲物が多いから、駅近でぶつかってるだけじゃないのかな」

地下通路で獲物を探したおれの実感だった。まあ、暗くなった晩秋の要町通りには、獲物なんてほとんど歩いていないのだ。

「体当たりをしてから、やつは駅とは逆の方向に急いで逃げる。その先にはバイト先の近くにとめた自分の足があるという訳か」

「もちろんはずれかもしれないが、その可能性はある。毎週水曜に事件が起こる理由も、説明できるしな」

タカシはいい王様のつねで、決断が早かった。即座に方針を決定した。

「了解だ。来週の水曜から、その警備会社を中心に網を張る。まあ、駅は警察にまかせよう」

二百人以上の警備網の配置転換を、誰にも相談せずに即決した。会議はなし。これでは池袋署もかなわないよな。恐ろしく変わり身が早いのだ。逆におれのほうが不安になってくる。

「いっとくけど、絶対の保証も、証拠もないんだからな」

タカシがにやりと笑ったのが、テレビ電話でなくてもわかった。

「ああ、今までそんなものがあったことがあるか。おれたちはいつも街の匂いで動いてる。そういうもんじゃないか」

確かにその通りだった。おれにもGボーイズにも科学捜査なんて無関係なのだ。DNA鑑定も、Nシステムも、顔認証もつかえない。街の噂とおれの野生の勘がすべてだ。

キングが氷の塊(かたまり)でも削るように笑い声をあげた。涼しいというより痛いやつ。

「それに、おれはおまえの計算力を信用してる。今回も最初におれに情報を漏らした。ぶつかり男を逮捕さえできれば、吉岡と生活安全課には恩を売れる。どうせなら、Gボーイズを最初に動かして、先におれにも恩を売りたかったんだろう」

抜け目ない王様。おれは誠心からの忠告を上奏した。

「みんなに愛されるには、もうすこし馬鹿の振りをしたほうがいいぞ」

「マコトみたいにか」

自信をもっておれはいった。

「そうだ。おれみたいに」

タカシには王族の矜持があるようだった。

「おれは愛されるより、畏れられるほうがいい。おまえみたいに誰からも愛されたいとは思わないんだ」

ぐうの音も出なかった。結局、平民と王の会話では、つねに王が勝つようにできている。

「はいはい、じゃあ、おまえが淋しくなったときには、おれが遊んでやるよ」

返事のひと言もなく、通話はいきなり切れた。礼儀を無視できるというのも、王の特権だよな。

静かな一週間が流れて、またつぎの水曜日がやってきた。
ふたりの模倣犯が捕まって、全国ニュースになり、顔と名前がネットでさらされてから、ぶつかり男を真似する間抜けは誰もいなかった。おれとタカシは何度かミーティングを重ね、西池袋五丁目にあるホライズン警備保障を中心に、何重もの網を張ることにした。今回はスクーターかバイクで動く相手を想定して、クルマとバイクを手厚くする。一日に二百人以上の人を動かし、それに応じた車両を手配するのだ。費用は数百万と馬

鹿にならないはずだったが、タカシはおれにはなんの文句もいわなかった。

だが、おれたちの新たな作戦は、完全な空振りに終わった。

冷たい雨が降る十一月最後の水曜日、ぶつかり男は池袋にあらわれなかった。

誰もやつには突き飛ばされなかったのだ。

その日の晩、タカシはGボーイズを解散させ、おれをボルボのSUVで西一番街まで送ってくれた。ウインドウには冷たい雨粒。ひとつひとつが西口のネオンを映している。

「すまないな、タカシ。今日はとんだハズレだったみたいだ」

池袋のキングは意味がわからないという顔をして、おれを見る。

「なにがすまないんだ?」

「もしかしたら、おれの勘が大外れだったのかもしれない」

にやりと笑って、キングはいう。

「おまえの勘が百発百中だったことがあるのか」

「だけど、今回は金だってかかってるし、ボーイズにも無理させてるし……」

「そんなのは、いつものことだ。やつらもみんなわかってる」

池袋のガキが文句をいわずにタカシについていくのは、こういうところかもしれない。もうすぐうちの店だった。見慣れたカラオケ屋を過ぎた。

「どうする、つぎの水曜日？」

タカシは唸るようにいった。

「同じ網を張る。やつをはめるまで、すくなくとも年内はな」

「そうか」

「ああ、そうだ。おまえは金のこととか無駄な心配をするより、もっと頭をつかえ」

店の前で小山のようなＳＵＶが停車した。おれがおりるとタカシが窓を下げて、おふくろに声をかけた。

「マコトをお返しします。また、来週の水曜日もよろしくお願いします。おやすみなさい」

ボルボはそのまま小雨の夜を静かに去っていく。おふくろが感心したようにいった。

「挨拶もちゃんとしているし、いい男だし、どうしてタカシくんは結婚しないんだろうねえ。マコトとは大違いなのにさ」

余計なお世話だ。おれは店番をおふくろと代わり、ＣＤラジカセで生誕二百五十年のベートーヴェンのシンフォニー三番を馬鹿でかいボリュームでかけてやった。

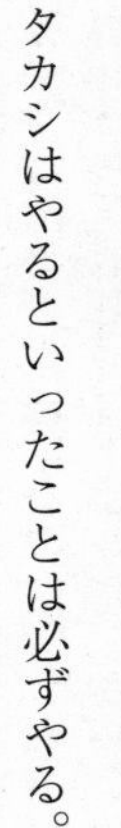

タカシはやるといったことは必ずやる。

おれたちはつぎの水曜日もボルボに乗って、要町通りで張っていた。西池袋五丁目にはGボーイズがスマートフォンとポケットにぶつかり男の写真をもって張りこんでいる。今回は天気がよくてよかった。まあ冬の晴天なので、気温はそれなりに低いが。

その連絡が入ったのは、あたりがすっかり暗くなった午後五時半過ぎ。Gボーイの親衛隊のスマートフォンが鳴って、スピーカーモードの音声が車内に流れた。

「こちらジャガー・ワン、やつがきました。銀のビッグスクーター。ホンダ、フォルツァ250」

ジャガー・ワンはホライズン警備保障の前に停めた黒い指揮車だ。タカシがいった。

「包囲網を絞れ。そのまま監視を続けろ」

ジャガー・ワンのガキがいった。

「Bは会社のなかに入りました」

タカシが運転手に命じた。

「おれたちもいこう。目立たないように静かにな」

電気のアシストがついたSUVが音もなく、動きだした。ぶつかり男はまだなにも気づいていないはずだ。罠にかかるときの動物を想像してみる。でも、そいつは無理な相談。

罠は罠と悟られぬうちに、静かに閉じられる。

SUVは九十秒とたたないうちに、警備会社に到着した。電柱の明かりの下、ホライズンの前には十数台の自転車やスクーターがとまっている。

「いくぞ、マコトもこい」

銀のトラックスーツを着たタカシが最初にクルマをおりた。その後に親衛隊のボーイズとおれが続く。ぶつかり男がガラスの引き戸から出てきたのは、ほぼ同時だった。黒いマスクで半分隠れた顔。馬鹿でかいデイパックはバイクに置いてあるのだろう。黒のジーンズにポケットがたくさんついた黒のフィールドジャケット。やつは封筒の先から金を覗かせて、一枚ずつ数えていた。

そのままホンダのビッグスクーターのところにいく。封筒をしまい、ヘルメットに手を伸ばしたところだった。タカシの氷柱（つらら）のような声が暗がりを貫いた。

「おまえがぶつかり男だな」

黒ずくめの男はすぐに振り返らなかった。ただ肩の線が岩のように硬くなっただけ。だが、それだけでおれにはわかった。こいつが晴美バアを突き飛ばしたガキだ。ゆっくりと振り返ると、男はなんの感情も浮かんでいない顔でいった。

「なんのことといってるんすか。意味がわからない」

タカシは吉岡からもらった写真を、黒ずくめのガキに突きつけた。ちらりと見るが、ガキはひるまなかった。

「別人でしょ。用があるから、いきますよ」

フルフェイスのヘルメットをつかんだ。Gボーイがふたり、ビッグスクーターの前後を押さえた。ガキの顔色が変わった。ヘルメットを振り回し、タカシに殴りかかろうとする。

「……間抜け！」

ひと言が終わらないうちに、タカシが動いていた。今回は右はつかわなかった。ヘルメットで殴りかかってきたガキの勢いを迎え撃つように、まっすぐに伸びる左の拳。キング得意のジャブストレートだった。顎の先に手紙でも届けるように、衝撃だけ置いてくる。

ガキの手から握力が急激に抜けて、ヘルメットがどこかに飛んでいった。暗い路地の奥でからからとプラスチックの空洞が鳴る音がする。ガキはそのままひざを曲げて、沈みこんでいった。Ｇボーイが飛びついて、路上に倒れるのを防いだ。黒いワンボックスカーがやってきて、ガキを荷台に放りこむ。結束バンドで手首と足首が縛られた。

黒い自動車が走り去るまで、ぜんぶで四十秒くらいか。

おれはＧボーイズに追われるようなことは絶対にしないでおこう。何度目かの決心をしていると、タカシがいった。

「おれたちもいこう」

おれとタカシはやってきたＳＵＶに乗りこんだ。後部座席はエアコンで暑過ぎるくらい。

「あのガキはどうするんだ」

タカシはつまらなそうにいった。

「すこし痛い目に遭わせてから、生活安全課に突きだす。おまえのほうから、吉岡には連絡を入れてくれ。ぶつかり男の事件は解決した。身柄も確保した。明日にでもそっちに送ると」

「わかった。あまり手荒くするなよ。後がめんどうだからな」

「ああ」

タカシは池袋署に貸しをつくるために、今回は動いている。メンバーに直接の被害はなかったようだ。Gガールの誰かが突き倒され、骨折していなくてよかったと、ぶつかり男のためにおれは思った。本気のキングの懲罰は、日本の司法制度の何百倍も厳しい。

午後六時過ぎには、おれはいつものように西一番街で店番に戻っていた。

気の毒なことに、警察はまだ数百人を動員して、池袋駅周辺でぶつかり男包囲網を敷いていた。まあ、これも公務員の大切な仕事だよな。

おれは富有柿や走りの和歌山みかんを売りながら、吉岡に電話した。水曜の夜というのは、なぜかなかなかよく果物が売れるタイミングなのだ。けっこう店番も忙しい。

「なんだ、マコト。こっちはたいへんなんだ。さっさと用件だけ話せ」

おれはゆっくりと間を置いていった。

「お疲れさまです、刑事さん。毎回警戒ご苦労さまです」

「なんだ、皮肉か。それよりなんの用なんだよ」

最初から突っかかるような口調だ。育ちの悪い刑事。おれはいつもの調子に戻していった。

「ぶつかり男は今夜はもう出ないよ」

「どういう意味だ？」

事件が解決した後の店番はなかなか優雅でいいものだった。CDラジカセからは好きな音楽が流れ、放っておいても季節の果物は売れていく。

「どういう意味だもないだろ。ぶつかり男は、おれとGボーイズで押さえた。明日にでも池袋署の生活安全課に届けるよ。吉岡さんは安心して、今日の張りこみは手を抜いていい」

しばらく返事は戻らなかった。

「……なんだと。また、おまえらに先を越されたのか。やってられんな。いまいましいガキどもが」

吉岡を悔しがらせるのは、おれの大好物。すこしだけ餌（えさ）の情報を投げてやる。

「犯人逮捕のヒントは、西池袋五丁目のホライズン警備保障だ」

電話の向こうで中年薄毛刑事があわてだした。

「ちょっと待て、メモをとるから」

通話をそのまま録音するスマートフォンの機能を知らないのだ。ハイテク苦手刑事。

「ホライズン警備保障では毎週水曜日に、一週間分の給料を手渡ししている。やつはそこでバイトしていた」

「毎週水曜日か、くそっ」

おれは最後にいった。

「横山礼一郎署長には、吉岡さんのほうから伝えといてくれ。ぶつかり男を捕まえたのはGボーイズだけど、ホライズンを見つけたのはおれだからってさ。じゃあ、おれ店番が忙しいから切るよ。お仕事がんばって」

「ちょっと待て、マコト。まだ話が……」

なにかいいかけていたが、迷わず通話を切った。いやあガチャ切りって、人にされると最悪だが、人にするのは最高だよな。相手が腐れ縁の刑事だとなおさらね。

ぶつかり男の名前は野中航哉二十八歳。
ホライズン警備保障でアルバイト中だった。住まいは板橋区で、ホライズンには一年半ほど勤めていたそうだ。野中はウエストゲートパークの東武デパート口にある自転車止めのステンレスの柵に、全裸のまま手錠でつながれていたという。
不審者がいると生活安全課に通報が入ったのは、翌木曜日の午前三時。三時十五分には身柄を確保されていた。男の背中には黒いスプレイで、「私がぶつかり男です」と書かれていた。池袋署に着くと、野中は自分からすすんで、過去の犯行を自供したという。

彼女なし、恋愛経験なしの野中は、体当たりで一瞬女性の身体にふれることに奇妙な快感を覚えていたという。女性ならば年は関係なかった。女性を痛めつける映像やマンガは、幼い頃から好きだったと、告白したそうだ。

きっとタカシからよほど恐ろしい目に遭ったのだろう。

すべて自白しなければ、バラバラにして産廃処理場に捨てるとかね。

まあ、ほんとにやりかねないから、池袋のキングの脅しは怖いんだけど。

晴美バアがリハビリ病院から退院したのは、十二月も半ばだった。コロナで人通りが半減した淋しい池袋の街を眺めながら、おれは考えた。一生のうちでこんな風景を目撃できるのは、一度きりなのだ。せいぜい静かなクリスマスを楽しんでおこうって。

おれとおふくろでいつもの漫才のような掛けあいをしていると、西一番街の通りの奥に先が四つに割れた転倒防止用の杖を突いた晴美バアの姿が見えた。歩く速度は脳出血で左半身が不自由になったときのさらに倍くらい遅かった。冬の日ざしがタイルの道を揺らめかせている。

「医者もいい加減なことをいうもんだね」

輝くようなオレンジの富有柿にはたきをかけながら、おふくろがいった。

「ああ、ほんとだ。晴美バアが歩けなくなる訳なんて、最初からないもんな」

手術の翌日から、痛みをおして院内の廊下を歩き始めたばあちゃんである。心配そうに母親の後ろをついてくるのは、京城楼のおやじさんだった。ほんの百五十メートルほど先だが、うちの店までやってくるには、もう十分はかかるだろう。

歩幅はせいぜい十五センチ。赤ん坊のはいはいより遅いが、歩みは決して止まらなかった。おれは二階の部屋にあがり、CDラックから不屈の晴美バアを迎えるための音楽を探した。

加齢にも、病気にも、人工関節置換術にも、ぶつかり男にも負けない池袋の老王女のための華やかなファンファーレだ。

巣鴨トリプルワーカー

ひとつの仕事に集中して、全力でがんばれば、それでいい。豊かとはいえなくとも、暮らしは十分に立てていける。

今思うと、昔はずいぶんと贅沢だったよな。

新しいウイルスのおかげで、今ではほとんどの企業で（それも一部上場のでかいところでさえ）副業が公認されるようになっちまった。二度目の緊急事態宣言じゃ、無理もないよな。夏冬のボーナスはゼロ、給料は三割四割カットが当たり前。飲食店やサービス業では、店仕舞いと人員整理の嵐が吹き荒れているのだ。

仕事はひとつじゃぜんぜん足りなくて、ダブルでもまだ届かない。いつしか、普通の会社員でさえトリプルワークがありふれてしまった。日中はリモートで営業や会議を済ませ、夕食時にはデリバリーで街を駆け回り、夜はフリマアプリで安く買いこんだグッズを売って、限りなく薄い転売益をこつこつ稼ぐ。

優雅に働き方改革なんていっているうちに、ぎりぎりまでおれたちの労働は追いこまれていたのである。考えてみると、おれの場合はずいぶんと昔から、最新型のトリプルワークを先取りしていた。まあ流行の先端を行くタイプなんでな。

まず鉄板(てっぱん)の果物屋の店番があり（おれのわずかなメイン収入）、月に一度の雑誌のコラムがあり（こちらは高校生のバイト代くらい、雑誌の売れ行きはご存知の通り急降下中だからいつまで書けるかわからない）、最後にボランティアに近いストリートのトラブルシューターがある（こいつはほとんど無給だが、たまに驚くような金になる）。

おれとしては今の形で満足しているが、ひとつだけ不思議なことがある。デフレ不況と少子化と新型感染症がトリプル危機として押し寄せる現代ニッポンでは、仕事をたくさん抱える人間ほど、なぜか貧しく、暮らしがしんどくなってる気がすることだ。

はたらけどはたらけど猶(なほ)わが生活(くらし)楽にならざりぢつと手を見る
啄木(たくぼく)の歌ではないけれど、そいつは仕事がトリプルになろうが、クアトロになろうが変わらない格差社会の下半分の真実なのかもしれない。今回のおれのネタは、真冬の東京の空気を切り裂くように駆け抜けるトリプルワーカーの配達員の物語。気づいてはいけないことに気づいた真面目な旅行代理店の中堅会社員が主人公だ。リアルタイムの東京のレポートだと思って、気軽に読んでくれ。

まあ、あんな歌を詠(よ)んだ啄木も実際にはそこそこ豊かで、収入を遊びにつかいまくっていたというから、豊かさも生活の困窮度もひと筋縄ではいかないのは確かだ。だが、ひとつだけいえるのは、コロナ以降普通の人たちの暮らしが氷の海に、だんだんと沈んでいってるってこと。

毎日ティッシュペーパー一枚ずつくらいの厚さでな。

池袋の正月はいつものように静かなものだった。東京では年末に一日のコロナ感染者数が千三百人を超え過去最多を記録して、誰もがびびっていたから当然の話。真冬には売れ行きが落ちる水菓子の店を、おれとおふくろは半分休業に近い形でなんとか開けておいた。年末年始は青果市場も休みなので、あまり高額なフルーツは抱えずに、ミカンやイチゴやリンゴでお茶を濁しておく。それほど新年も悪くないだろうと楽観的に見ていたのは、最初の一週間弱だけだった。

一月七日、新規感染者が東京で二千五百人近くになり、街の空気はがらりと変わったのだ。二週間前の接触による数字が出るというから、七日の膨大な陽性者は二十四日のクリスマスイブに感染した計算になる。イブの池袋はもう前の年とさして変わりがなかった。マスクはしているが、西口も東口も人の洪水。なあ、女がいないシングルのイブも、今回に限っては悪くなかったよな。おれも依然として、ウイルスからなんとか逃れている。

一都三県に緊急事態宣言が出されたその日、おれはまたも指先が凍るような大寒波の池袋で、ぼんやりと店先を眺めていた。まだ夕焼けには間がある時間だが、人出はいつもの年の三割か。ダウンベストのポケットで、スマートフォンが鳴る。

「真島さんですか、ちょっと今、お時間いいでしょうか」

ただの時間に「お」をつけるようなやつは、池袋の街にはめったにいなかった。相手はおれがコラムを連載している雑誌「ストリートビート」の副編集長・益尾(ますお)メイサだった。まだ三十代前半と若いが、不在がちの編集長に代わって、編集の主導権を握っている。おれの直接の担当ではないので、すこし緊張してしまう。

「はい、だいじょうぶですけど」

おふくろが不思議そうな顔で、おれを見ていた。送話口を押さえて、店先の歩道に出る。まさかコラムの連載打ち切りじゃないよな。ドキドキしていると副編がいった。

「実はちょっと会ってもらいたい人がいまして。真島さんは池袋でトラブルシューターをしているんですよね。コラムは毎回読ませてもらってますけど、あの通りならずいぶん腕利きのようだし」

ちょっと冷たい感じの話しかた。おれはクールな年上の女は嫌いじゃない。

「いや、あれはだいぶ謙遜して書いてるというか、実物はもっとすごいというか」

「あら、よかった。じゃあ、ある人に会って話をきいてもらえないかな。隣の編集部から紹介された旅行ライターの人なんだけど。あと三十分くらいで、真島さんのお店にいくと思うから、すこし時間をつくってあげてください」

背景ノイズは正月明けでも変わらないざわざわとした編集部の物音だった。作業は夕方から本格化するので、調子が出てきたところなのかもしれない。

「あの、どんなトラブルなのか、内容わかりますか」

「いいえ、ぜんぜん。当人もよくわかってないみたいなの。名前は谷原悟朗さん。きっとそれほどたいしたことじゃないと思うんだけど。警察に相談するようなことでもないらしくて。悪いけど、よろしくお願いします」

官憲の手をわずらわせるほどではないが、ちょっと困っている。その手の犯罪とも事件ともいえない街の小ネタが、おれの専門分野。Gボーイズからの依頼と違って、やる気は出ないが、いちおう応えておく。

「わかりました。話だけでもきいておきます」

「ありがとう、真島さん。次回のコラムも楽しみにしています」

はい、がんばりますといおうとしたところで、通話は突然切れた。キング・タカシといい、副編集長といい、地位のある人間はみな電話の礼儀というものがなっていない。おれは手の代わりにぢっとスマホの画面を見た。はたらけどはたらけど……暮らしは楽にはならないし、街からトラブルも消えないもんだよな。

キャノンデールのロードバイクがうちの果物屋の前に停まったのは、二十五分後のことだった。流線形のヘルメットをかぶり、YES!とでかでかとプリントされたマスクをつけた男がミラータイプのサングラスをはずしていった。

「こちらに真島誠さん、いらっしゃいますか」

上半身はポケットがたくさんついた冬物のフィールドジャケットだが、細い脚は黒のスパッツにサイクリングパンツ。中肉中背。なんというか真冬のロードレースの練習をしている自転車部のベテランって感じ。ヒールがないかちりとペダルにはまる競技用のシューズをはいて、つま先立ちで歩いてくる。

「おれがマコトだけど、そっちが谷原さん？」

ライターというのはツイードかコーデュロイのジャケットを着て、染みのついたチノパンなんかで、ダッフルコートを重ね着しているものだと、おれは思っていた。自転車のサドルのうしろはちいさな荷台になっていて、ビッグフットのロゴ入りの四角い箱が固定されている。あの大きな足跡がふたつリズミカルに並んでるやつ。海外からきたくいもののデリバリーサービスだ。おれの視線に気づくと、健康的な体型のライターがいった。

「ああ、あれね、ぼくは今、ビッグフットでも働いているんだ。ライターだけじゃ稼げなくてさ。谷原悟朗といいます。よろしく」

頭をかいて笑うと、右手を差しだしてきた。陽気な自転車乗り。握手をしていった。

「いや、ほんとに文章書くくらいじゃ、生活は楽になんないよな。副編の益尾さんから、話はきいてる。なにか困ったことがあるんだよな」

「そうなんだ」

ゴロウはおれの顔を見てから、うちの店構えに目をやった。

「マコトくんも働きながら、ライターをやってるんだ。えらいな」

そんなことをいう人間は池袋にはひとりもいなかった。だいたいストリートをうろうろしてるやつらは、活字を読まなすぎなのだ。好印象。おふくろが店の奥から出てきて、自転車に目をやった。

「あら、うちは頼んでないはずだけど」

おふくろはよく昼のサラダをデリバリーで注文していた。実際に買いにいく面倒を考えたら安いものだといつもいっている。ビッグフットの配達員がいった。

「あっ、マコトくんのお母様ですよね。いつもマコトくんのコラムで読んでいます。実物のほうがぜんぜん若いし、おきれいじゃないですか」

うちのおふくろはまだ現役の女なので、急にてのひらを返した。

「なんだい、新しい依頼人の方かい？　店番はわたしがやるから、いつ出かけてもいいよ、マコト」

店先のサンふじをひとつ手にとると、ゴロウにさしだした。

「毎日リンゴをたべると風邪を引かないというからね。コロナからも守ってくれるかもしれないしね」

「おおっ、ありがとうございます。大切にいただかせてもらいます」

実に人当たりのいいやつ。手にぴかぴかに光るリンゴをもった配達員におれはいった。

「そういうことなんで、近くのカフェにでもいこう」

おれはエプロンを脱いで丸めると、店のレジの下に押しこんだ。さあ、ようやく一番金にはならないが、一番胸躍る仕事を始められる。トラブルに巻きこまれていないときは、おれはただの亡霊だ。

おれたちは西一番街の奥にある古い喫茶店にいった。音楽はポール・モーリア、テーブルは傷だらけのガラス天板、ソファはあちこちタバコの焼け焦げがついた紫のベロアって店。

ということは居心地は最高ってこと。最近流行りの第三世代コーヒーショップは意識が高過ぎて、どうも落ち着けない。

「ゴロウさんって、『αトラベラー』で記事書いているんだよね。そっちのほうは原稿料っていくらなの？」

ライター仲間ではおきまりの挨拶から、おれは始めた。まあ、よその台所事情は誰だって気になるものだ。

「うちは三千五百円から四千円くらいかな。『ストリートビート』は？」

「もう五年を超える長期連載だけど、原稿料は最初の頃四千円にあがってから、ずっと変わらないよ。まあ、雑誌の売り上げが落ちるなかだから、しかたないけどな」

「あっ、そうだ。ライターの名刺」

おれは名刺をもっていないが、ゴロウがスカイブルーの名刺を渡してくれた。ペンネームはランディ・悟朗。スマートフォンの番号とアドレスのみ。

「海外旅行中に知ってるとちょっと便利なティップスを書かせてもらってるんだ。三年目になる」

「へえ、ライターが本業で、足りない分はデリバリーで稼いでいるんだ？」

「いや、違う。本業はまた別にある」

そういうと、ゴロウは渋い顔をした。


熱いカフェオレをひと口すると、上着を脱いで派手なサイクリングジャージになったゴロウが語り始めた。黄色は確かツール・ド・フランスのチャンピオンカラー。

「ぼくは学生の頃から旅行が好きでね、バックパックを担いだ貧乏旅行で、世界中を旅していた。大学を卒業するときも旅行代理店以外は採用試験を受けなかった。一生旅の仕事をしたかったんだ。一年就職浪人をして、今の会社に合格したときは、ほんとにうれしかったなあ。まあ、ＪＴＢやＨＩＳみたいな大手からしたらだいぶ小さい準大手だけどね」

ゴロウが会社の名前をあげた。

「有名じゃん。おれも一度、家族旅行でつかったことあるよ」

　おふくろとの地味な金沢旅行で世話になった代理店だった。池袋西口にも店舗がある。

「それはありがとう。だけど、去年のコロナですべてが暗転してしまった。まあ、誰も海外旅行になんかいかないんだから、無理もないけど」

　おれたちは今、対コロナという新たな戦時下を生きている。世界中の中央銀行がそろってこれほど金を刷りまくり借金を重ねるのは、この百年で四回目。世界大恐慌と第二次世界大戦、それに記憶に新しいリーマンショックと今回だ。

「わかるよ、うちの店だって、売り上げ半減だ」

　ゴロウは伏せていた目をあげて、おれの目を覗きこんできた。

「給料は？」

「あいにく元々最低賃金みたいなもんだから、それ以上は下げられないんだ。社長はおふくろだしな」

「じゃあ、マコトくんはまだラッキーなほうだね。うちの会社はボーナスが夏冬ともにゼロで、毎月の基本給は三割カットになっている。会社が潰れないだけ、まだいいという同僚もいるけど、みんな火の車だ。うちみたいに住宅ローンを抱えていたりすると、なおさらね」

「そいつはしんどいな」

明日の生活や来月の家賃に困る膨大な数の人がいて、同時に刷りまくった金のせいで世界中で株や仮想通貨が跳ねあがる。ビットコインはなんと六万ドル近く！　当然だよな。二〇二〇年一年間で全世界に対コロナの緊急経済対策費一千兆円があふれだした。もうじゃぶじゃぶじゃぶ。金は薄まり、価値がそれだけ転げ落ちたのだ。経済的には世界からちょうどいい温度の気候帯は消え、氷と灼熱（しゃくねつ）のふたつに分かれてしまった。コロナ戦争の功罪だ。

「だけど、ひとつだけ会社もいいことをしてくれた」

へえといって、おれは派手なジャージのライターを見た。この男なら、時代がどんなに悪くなっても生きていけそうだ。

「うちみたいな一部上場の会社でさえ、ちゃんと副業を認めてくれるようになったんだよ。ぼくはずいぶん前から旅行ライターをしていたんだけど、それは会社には秘密だった。もし上司にばれて禁止されたらつらかったろうな。大好きな旅のことを好きなように書く。たいした金にはならないけど、書くのはほんとに楽しいから」

「わかるよ」

誰もさして評価してくれない、おれのコラムだって事情は同じだった。自分にしか見えないアングルから、この世界のリアルをすこしでも鮮やかに書き残す。来月になれば消えてしまうような街の空気やトラブルを、おれだけの方法で書くのが生きがいなのだ。果物屋の店番では、そこまでの充実感は得られない。

ははっと自嘲気味に笑って、ゴロウは頭をかいた。さっぱりとした短髪。いきがった親父たちに流行中のツーブロックではない。

「だけど、まさか三つ目の仕事まで抱えこむとは思わなかったよ。朝から晩まで、住宅ローンと生活費を稼ぐために、街を飛びまわるなんてね」

「おれはよくわかんないんだけど、ビッグフットってどういう仕組みで稼げるの」

ビッグフットはアメリカのコロラドだかサンディエゴだかで始まったデリバリーサービス。東京に住んでるなら、あんただってよく見かけるよな。まあ、信号無視や交通違反とかあれこれ問題も起きているが、この二年ほどで万単位の新たな仕事を日本人にもたらしたのは間違いない事実だ。

ゴロウはスマートフォンをとりあげた。

「キャストとしての登録も、デリバリーの仕事も、全部この一台で完結するんだ。日本本社は目黒にあるらしいけど、ぼくは一度も顔を出したことはない」

何度か画面に指を走らせて、ゴロウはいった。

「こうしてアプリを立ちあげて、自分の位置情報を表示させると、すぐに近くの店に入った注文が流れてくる。あとは早い者勝ちで、仕事を受けて、店でたべものを受けとり、お客さんに配達するだけだ」

「えらくカンタンなんだな」

「ああ、マコトくんもその気になれば、今日から始められる」

それじゃあ街にビッグフットの配達員があふれるはずだ。マニュアルも嫌な上司も通勤もない働き方なのだ。おれの声はつい疑わし気になる。

「そんなので、ちゃんと稼げるのかな」

「ああ、普通にがんばれば最低賃金くらいは間違いなく稼げるよ。一時間に三、四件で千五百円から二千円くらいかな。ぼくは一日十時間以上自転車で配達しまくって、二万円を超える報酬をゲットしたことがある。クエストという名のゲームみたいなボーナスもつくし、なかには月百万を稼いだ猛者（もさ）もいる。いざとなったら、ビッグフット専業でもいけるという覚悟がついた」

たくましい会社員だった。こいつなら、きっとコロナ戦争を生き延びて、また世界中の旅行プランを売りまくれるようになることだろう。

「ぼくはあちこち旅してるから、日本も捨てたものじゃないことは、よくわかってる。本来、そんなに卑下することもないし、もっと自信をもっていいんだ。だってただ二十年ばかり給料が上がらなかっただけだからね。ぼくは企業の副業公認は、実は最高のチャンスだと思ってるんだ」

副業が最高のチャンス？　おれはそんな説をとなえるやつを、ネットでさえ見かけたことがなかった。

「どういう意味？」

「日本中のみんなが副業でがんばって、ひとり当たり百万円稼げば、ドイツ人の年収に並ぶ。二百万ならアメリカと同等だ。会社の給料が上がらないなら、副業でおおいに稼いで、がんばった人から先に豊かになればいいんだ。世界中がコロナ不況でデフレになってる。これから全世界が『失われた十年』になる。条件が同じなら、日本人だってそうそう負けないはずだよ」

前向きで未来にポジティブな日本人。おれは久しぶりにそんなやつを見つけて、まぶしい思いだった。なんだか西一番街の純喫茶がいけてるカフェに見えてくる。

「おれが副業で年百万かあ……」

そうしたら、やりたいことがいろいろとあった。ＣＤプレイヤーも新調したいし、新しいパソコンも欲しい。色違いで揃えたいスニーカーもある。おふくろと沖縄旅行もいいかもしれない。さすがに婚活サイトに登録はやりすぎか。

「そうだよ。ウイルスなんかでうつむくことはないんだ。みんながやれるところで、やれることをやる。それでちゃんとお金を回すんだ」

そこでおれは気づいた。こんなに前向きなトリプルワーカーでさえ、なんらかのトラブルにはまるのだ。

「ゴロウさんの状況はだいたいわかった。で、なんに困ってるんだ？」

向こうの仕事ではなく、おれの仕事の本題に入らなきゃならない。

顔をしかめて、配達員はスマートフォンを操作した。ファイルから写真を呼びだす。
「これなんだ」
おれのほうにディスプレイを向けた。最近のスマホの画面って、ほんとにきれいだよな。夜の街灯の明かりだけで、自転車のサドルが鮮やかに撮影されていた。黒いサドルの中央に二本の傷跡が走っている。剃刀(かみそり)かカッターで切った縁のめくれあがった傷だ。内部のポリウレタンが黄色い内臓のようにこぼれている。

「いたずらかな？　誰かにやられたのか」

「そうなんだ。ビッグフットの仕事中に気づいたらやられてた。つぎはこれ」

写真はパンクした後輪に替わった。ロードバイクのタイヤは親指一本分くらいの太さ。それがぺしゃんこに潰れている。

「ふーん、嫌がらせなのかな。心当たりはないの？」

「いや、ぜんぜん。なぜかぼくの自転車だけ狙われて、しつこく被害を受けてるんだ。近くにはビッグフット仲間の自転車も停まってるんだけどね」

真っ先に頭に浮かんだのは、アルバイトの競合相手からの嫌がらせだった。

「その仲間のあいだでなにかトラブルとかないのかな。ゴロウさんが、お得意さんを奪ったとかさ」

うーんと考えこんで、配達員がいった。

「いや、注文はネット経由だから、同じところに何回も当たることはめずらしいし、仕事を奪いあうような形態じゃないんだ。まったく理由が見当つかないんだよ」

おかしな話だった。何人もいる配達員のなかから、なぜかゴロウだけが狙い撃ちされて嫌がらせを受け続ける。なにか当人も気づいていないような理由があるはずだった。

「ぼくも自転車にいたずらされるだけなら、わざわざマコトくんを紹介してもらうなんてことはしない。だけど、年が明けてから、こんなものが貼られていた」

今度の写真は、見慣れたビッグフットの黒い箱だった。丈夫なナイロンクロスのやつだ。そこに紙が乱暴に貼りつけてある。斜めになったA４くらいの紙には、太い真っ赤な文字が血のようにのたくっていた。

気をつけろ！
おまえだけじゃない、礼香もみくるも
ただじゃ済まない

おれはこれまで何度も脅迫状を見たことがある。だが、何度見ても無記名の脅迫や激しい怒りには慣れることができなかった。

「レイカさんって、ゴロウさんの奥さんなのか」

認めると不幸でも起きるという様子で、配達員はいやいやうなずいた。

「ああ、そうなんだ。どうして、この相手がうちの妻の名前を知ってるのか。謎だらけだ。みくるは五歳になるひとり娘だよ」

ビッグフットの配達用自転車への嫌がらせだけでなく、家族への脅迫もある。この相手が谷原悟朗という個人を狙い撃ちしているのは確かなようだった。

「……そいつは心配だな」

ゴロウは険しい表情でいう。

「実はうちの近くの巣鴨署には届けを出してあるんだ。証拠の写真と貼り紙をもってね。ちゃんと受けつけてくれたし、被害届も受理してくれた。パトロールのときにはうちのマンションに注意するとも約束してくれた。だけど……」

型通り被害届を受けとり、その場ではなにかしら安心させてくれるようなことを警察はいうだろう。

「その先はなにもしてくれない。なにかことが起きた訳じゃないからな。警察にも限界があるんだ。起きてない事件を調べるような余裕はないのさ」

黄色いジャージの配達員が、おれにうなずきかけてくる。

「だから、マコトくんに頼むんだ。ぼくはきみのコラムの愛読者だし、この街での噂もよく知っている。ロードバイクへのいたずらはともかく、うちの家族へ危険が及ばないように、なんとか力を貸してくれないか」

五歳の娘の父親は傷だらけのガラステーブルに額を押しつけた。

「もし報酬や経費が必要なら、喜んで払わせてもらう。うちの家族を助けてくれ」

給料を三割カットされ、トリプルワークで街を駆けずり回って稼ぐゴロウから、金など受けとる訳にはいかなかった。

「報酬はいらない。経費も必要最低限でいい。おれも明日からあんたといっしょに、自転車で街を駆けてみるよ。運動不足にはちょうどいいだろ」

ゴロウが右手を差しだしてきた。おれはその手を握りながら、ちゃんと自転車に乗れるだろうかと不安に感じていた。なんといってもチャリに乗るなんて久しぶりなのだ。

「それなら、うちにある自転車をマコトくんに貸すよ。ジャイアントのいいランドナーがあるんだ。今夜、チェーンに油をさして、調整しておくよ」

新年の寒風のなか、ビッグフットの配達員といっしょに自転車で街を駆けるのか。おれの新しい年はとんでもなくクールに始まりそうだった。

つぎの日は、いつもの東京の冬だった。
ということは雲がわずかな澄んだ青空で、日ざしは快適だが、めちゃめちゃ寒いということだ。おれはジーンズにダウンジャケットを着こんで、ＪＲ巣鴨駅に向かった。時刻は昼のデリバリーが忙しくなる前の午前十一時。

あんたが東京生まれなら知っているだろうが、巣鴨駅に面しているのは白山通りで、片側三車線はある幹線道路だ。ゴロウとの待ちあわせは、その通りを渡った先にあるマクドナルドだった。

屋根つきの広い歩道を歩いていく。ばあちゃんの原宿というのが巣鴨の謳い文句だが、それほど老人は多くなかった。普通の会社員や学生なんかのほうがずっと多い。まあ、とげぬき地蔵の参道にいけば話は違うのかもしれないが。

マクドナルドの前には、ふたつのグループがたむろしていた。自転車数台を囲んで、四、五人ずつの集団だ。一見してどちらもビッグフットの配達員だと、すぐにわかった。片方は日本人グループで、もう片方は外国人である。

「おはよう、マコトくん」

片手をあげてゴロウが挨拶をよこした。自転車を整備している。フレームが空色で、GIANTのロゴがプリントされていた。

「なかなかいい自転車だろう。二日三日の旅行に、昔よく使っていたんだ」

ランドナーという自転車はバッグなんかをつけて、短期旅行に使用するものだという。よく見るとタイヤもロードバイクより指一本分くらい太かった。

ゴロウの周りにいる日本人配達員は、とくにおれのことを見ていなかった。軽口を交わしながら、スマートフォンを注視している。新しい注文を確認しているのだ。

「へえ、配達にはここが一番いい場所なんだな」

ゴロウはオレンジ色のサイクリングジャージに、薄手のダウンを重ねていた。

「そうだよ。一番注文が多いのはマックだからね。ここで待機して、そこの店で受けとり、デリバリーする。それをできるだけ高回転で回していけば、アガリがよくなるんだ」

せいぜい五百円程度のファストフードに、もう五百円も払って配達してもらうのだ。ビッグフットを使うやつって変わってるよな。おれは声を低くした。

「向こうの集団も、配達員仲間なのかな」

視線だけで五メートルほど離れた歩道で待機している外国人グループを示した。陽だまりのなか、たのし気に冗談でもいいあっているようだ。ゴロウは例の四角い配達ボックスから、ごそごそとなにかとりだしている。

「ああ、彼らはベトナム人のグループだよ。コロナで仕事を失って、ビッグフットに流れてきたらしい。以前、ちょっと話したんだけど、日本語はカタコトだった。大人しくて、まじめな感じだよ。まあ、いってみるとわかるけど、ベトナム人ってけっこう働き者が多いからね」

おれはベトナムにはいったことがなかった。だが、何人か知っているベトナム人は確かにゴロウのいう通り。不良外国人の比率は、不良日本人の比率とさして変わらないと、おれなんかは思っている。どこの国でも悪いやつは悪いって話。

「マコトくん、これ」

流線形のヘルメットとグローブを渡された。かぶってみると、案外ぴったり。

「なかなかいいじゃないか。グローブをしないと、この季節、手が死ぬからね。指先がカチカチだとハンドルやブレーキ操作が危険だ。そうだ、この手のスポーツ車のブレーキのかけ方は覚えてる?」

自転車に乗るのはもう何年ぶりだろう。だが、さすがに池袋から巣鴨、大塚と豊島区内を駆けまわったので、勘所（かんどころ）は押さえている。

「前輪を強くかけ過ぎない。後輪ブレーキといっしょにバランスよくだよな」

「それでいい。マコトくんも自転車好きだったんだな」

ゴロウがぱっと笑った。コロナ不況下のトリプルワーカーのいい笑顔だった。

日本人グループのなかから、二十歳くらいのガキが近寄ってくる。黒革のライダースの下に、ユニクロのウルトラライトダウンを着ていた。下はアディダスのジャージ。
「へえ、その人が池袋の有名な探偵さんなんだ?」
ゴロウがおれを紹介してくれた。

「ああ、真島誠くんだ。なんでもGボーイズというグループに近い池袋の有名人だよ。こんな風だけど、意外なくらい文章が上手いんだ」

おれのプライドがロケットのように急上昇した。トラブルシューティングでどんなにほめられてもさしてうれしくないけれど、文章をほめられると弱いのだ。おれの周りじゃ誰もほめてくれないからね。文章を読むセンスがあるのは、せいぜいキング・タカシくらい。おれはすかしていった。

「『ストリートビート』というマガジンにコラムを書いてるんだ。そっちはビッグフット長いのかな」

「田崎信行、ノブって呼んでいいよ。配達員の仕事はもう一年になる。最初の緊急事態宣言のときに、働いてたバーを首になってからずっとだよ」

ノブは気が弱そうにいった。

「ここにいるのは、みんな、そんなやつばかりなんだ。リモートで仕事できるエリートと違って、現場で肉体労働しないと稼げない人たちだよ。向こうのベトナム人も同じだ」

寒空の下、自転車でくいものを配達して稼ぐ。確かに格差社会の下半分の仕事かもしれない。ネット時代の『魔女の宅急便』みたいで、おれは嫌いじゃないけどな。個人で仕事を受けて、頑張った分だけ金になる。このシステムがアメリカ生まれなのが残念だ。

おれはゴロウに声をかけた。

「ちょっとふたりだけで話があるんだ。今いいかな？」

おれたちは日本人配達員グループから離れて、日の当たるガードレールに腰かけた。

「昨日から、なにか不審なことはなかったかな」

ゴロウは指先を切り落としたグローブを見おろしている。

「いや、とくにはないんだけれど。うちの家族にも変わりはないしね。でも、いつも誰かに見られている感じがするんだ」

「相手に覚えはないのか」

「うーん、ないなあ。人の恨みを買うようなことはしてないし、第一ぼくにはたいして金がない。脅したってなにも出てこないと思うんだ」

だからいっそうおかしな話だった。ビッグフットの配達員を脅しても、せいぜい数万の金にしかならないだろう。

「となると私怨の筋なのかなあ。ゴロウさんはあまり人に恨まれそうにないけど。そうだ、ききにくいけど、浮気相手とかいるの？」

最初に片づけておかなければいけない質問だった。あわてて手を振ると、サイクリングジャージの旅行会社員がいう。

「やめてくれよ。誓っていうけど、他の女性なんていないから。うちは家族円満だよ」

手ひどく振った浮気相手からの嫌がらせでも、金品目当ての脅迫でもない。

「なにかのきっかけで、頭のいかれたストーカーにでも目をつけられたのかなあ。今どきはおかしなやつがたくさんいるから」

そうだとすると、おれにも打つ手がほとんどなかった。犯人を特定して、警察に届けるか、Gボーイズに脅しをかけさせるか。

「ゴロウさんって、金ないよね」

冬は寒いかときかれたかのように、三十代半ばの男が当たり前にうなずいた。

「うん、ない。できるだけ経費もすくないと助かる」

それはそうだ。そうでなければ、トリプルで仕事をかけもちしたりしないだろう。困ったことに、おれはなにをしたらいいのか、まるでわからなかった。これでは巣鴨で気分よくサイクリングをして一日が終わりそうだ。ゴロウがスマートフォンを見て、すぐに指を動かした。

「ビッグフットを始めてでたらめに反応が早くなったよ。デリバリーの仕事を受けた。マコトくんもくるかい」

おれはうなずいて、ガードレールから腰を浮かせた。池袋一のトラブルシューター人生初のデリバリー（同行）である。

ゴロウのあとについて目の前のマクドナルドに入っていく。まだ正午まで二十分はあるので、カウンターも空いていた。

「すみません。ビッグフットの七十三番お願いします」

カウンターの上にある紙袋をチェックして、スマイル無料の店員がスマイルレスでこたえた。

「はい、こちらです。よろしくどうぞ」

客ではないので、これくらいの対応なのだろう。ふたつの紙袋を受けとると、ゴロウは小走りで店外に出ていく。先ほどの仲間に声をかけた。

「今日の一番いただき。いってくる」

四角いビッグフットの箱にマックの袋を入れる。おれは自分の自転車に乗った。ヘルメットもグローブもつけている。

「配達先は巣鴨四丁目、本郷高校の脇にあるマンションだ。直線距離で五百メートルくらいかな。一キロ百円だからもうすこし遠いといいんだけど」

信号が青になると、勢いよくゴロウのロードバイクが走りだした。おれも後を追うが、なかなかスピードが乗らない。久しぶりすぎてペダルの漕ぎ方も忘れている。

「そんなに急がないから、ついてきてくれ」

そういうゴロウの自転車は猛烈な勢いで巣鴨駅横の狭い通りに突っこんでいった。

何度か左右に折れて、高校の長いフェンスにぶつかった。フェンス沿いをぐるりと回るように走っていく。このあたりは静かな住宅街で、自動車の通行はすくなかった。自転車で走るにはいい環境だ。

レンガ色のタイル張りの中層マンションの前で、ゴロウが自転車を停めた。おれは二十秒後に到着する。マクドナルドの紙袋をもって、エントランスに向かった。おれはガラス扉越しに、ゴロウの接客を眺めていた。

「ビッグフット、お届けにまいりました」

「はーい」

子どもの声がきこえた。小学生くらいだろうか。ゴロウがエレベーターに消えると、おれはぼんやりと築二十年ほどのマンションを眺めた。実家暮らしのおれにはマンション生活へのあこがれがちょっとだけある。タワー物件は嫌いだけどな。

九十秒ほどで、ゴロウが戻ってくる。

「早いな」

「うん、ここのマンションにはもう四、五回はデリバリーにきてるから、勝手知ったるものなんだ。今のうちはいつもドア前に置いとくだけだから、顔をあわせたこともないよ」

「ふーん、そういう仕事なんだ」

人づきあいと外出が嫌いな人間用のサービスなのかもしれない。人との接触がないからコロナ時代にぴったり。

デリバリーを終えると、またマクドナルド前の定位置に戻った。確かにゴロウのいう通り、この短い往復を何度も重ねるのが、一番効率がよさそうだった。一番はマックで、二番目がケンタッキーフライドチキンだという。巣鴨や池袋では、高級なレストランのデリバリーは流行りじゃないらしい。

十一時半から一時半までの二時間がビッグフットのラッシュアワーで、ゴロウはその間に九件の配達をこなした。デリバリーの賃金は距離と運んだ回数のカウントだから、時給にすると二千円をすこし超えたくらいの収入になったそうだ。おれの店番よりもずっといい。明日からデリバリーをやろうかと真剣に思った。

足も引き締まるし、健康にもいいだろう。なによりおふくろのやかましい小言をきかなくて済む。初日は夕方までつきあって、おれは池袋に戻った。

おかしなことにさっそく足だけでなく、背中と腹筋が筋肉痛になる。夕方のうちのラッシュアワーから、おふくろに代わって店番に入った。ちなみにおれの時給はビッグフットの半分くらい。街のアルバイトと変わらないのだから、やる気が出ないのも当たり前だよな。

一月の夕暮れ、店先のＣＤプレイヤーでモーツァルトをかけた。最後のピアノ協奏曲二十七番だ。第二楽章は人類にさよならの手を振る天才の作品。あまりにシンプルに美しいので、モーツァルトの手が透き通ってしまったみたい。こんな風に人生にさよならをいえるのなら、墓石さえない集団墓地に放りこまれても悪くない一生だったと思えるのかもしれない。

おふくろがテレビのニュースを見ながら、無粋(ぶすい)な声でおれの音楽鑑賞の邪魔をしてくる。

「また大塚で強盗だってさ。年寄りや女子どもの所帯ばかり狙って、ほんとに嫌ったらしいったらないよ。なに考えてるんだろうね」

おれもちいさな液晶テレビに目をやった。大塚、巣鴨周辺でこのところ、何件か強盗が連続していた。宅配便業者を装い、オートロックを抜け、玄関先でいきなり、刃物を出して、強盗に豹変(ひょうへん)するのだ。女性アナウンサーが眉ひとつ動かさずに読みあげた。

「今回の事件でも外国人風の男が関与していたという証言もあり、警察はこの人物のゆくえを追っています」

そのままニュースをきき流してしまった。外国人風？　それを耳に留めてれば、ゴロウの脅迫事件の裏にすぐ勘づいたはずなのだが。ぼんくらなおれは、素晴らしい音楽に酔い、静岡みかんを売っていたのだ。

ゴロウから電話があったのは、夜八時過ぎだった。うちは晩めしが遅いので、ちょうどおふくろの肉じゃがを平らげているときだ。口をもぐもぐさせていると、配達員がい

った。

「食事中のところ、済まない。今、気がついたんだ」

声が興奮していた。

「なにがだよ」

おれは大好きなカブのおしんこに箸を伸ばした。冬のカブってうまいよな。

「ぼくのロードバイクだけでなく、マコトくんのランドナーもやられた」

なにがあったのだろうか。お茶をすする。

「針かなにかで、後輪を刺されたみたいだ。家に帰るまでは、なんでもなかったんだけど、さっき見たら、どっちもパンクしてる。今日の夕方にやられたみたいだ」

細い針で穴をあけ、ゆっくりとパンクさせる。もし、おれとゴロウが白山通りを走っているときにパンクしていたら、どんな事故になったかわからなかった。針が細すぎて助かったのかもしれない。

「そうだったのか」

「ああ、今、修理キットで直しているところだ。マコトくんのほうはなかのチューブをとりだしてパッチを張るだけなんだけど、ロードバイクのほうはリムに張りつけるタイプだから面倒なんだ。まあ明日はリムごと別なのに替えるけど」

レース用の細いタイヤはそんなに修理がたいへんなのか。おれは自転車屋で簡単に直るようなやつしか乗ったことはない。

「おれもいっしょにいたからわかるけど、今日はあのマックの前と配達先の往復しかしてないよな」

通り魔的な犯行とは考えられなかった。そうなると犯人はしぼられてくる。

「そうだね。ぼくが配達先にいってる間も、自転車はマコトくんが見ていた。じゃあ、マクドナルドの前にいた誰かが、やったことになる」

おれはたのしそうにおしゃべりをしていたベトナム人のグループを思いだした。

「ゴロウさん、あっちの外国人とも話したかな」

「よく覚えてないけど、今日は話してないんじゃないかな。すくなくともぼくのロードバイクにはベトナムの彼らは誰も近づいていないと思う。針で刺すだけだから、目を離した隙にということも考えられるけど」

可能性はできる限りすくなくしたほうがいい。事件の真相にたどり着くにはいつだって単純に考えた方が近道なのだ。オッカムの剃刀(かみそり)である。

「マックの前の日本人配達員、いつもは何人くらいいるのかな」

すこし考えて、ゴロウがいう。

「今日はいつもよりすくなかったけど、出たり入ったりで六、七名くらいかな」

おれが見かけたのはノブを始め五人だけだった。

「そのなかの誰かが、ゴロウさんを恨んでいて、ひそかに脅しをかけている。それで間違いないはずだ」

「やれやれ、まいったな。仕事仲間を疑うのか。みんな、気のいいやつばかりなんだけど。暇なときはマックでいっしょにコーヒーのんでるんだ」

バイト仲間を疑うのは気がすすまないことだろう。だが、動機がわからない以上、用心をしなければならなかった。

「もしかしたら、ゴロウさんの奥さんにひと目ぼれして、嫌がらせをしてるのかもしれない。にっくきダンナだもんな。あるいはいつも注文を先にとられて、腹の底では憎んでいるのかも。顔では笑いながら、マックのコーヒーのんでさ」

ゴロウは口ごもった。おれは油揚げと焼きナスのみそ汁をひと口。

「うちの奥さんか……だけど、バイト仲間の誰にも彼女を紹介したことはないよ。直接の面識はないはずなんだけど」

「じゃあ、ＳＮＳは？」

「やってる。旅行ライターのペンネームで、フェイスブックとインスタグラムとツイッター全部やってるよ。営業とファンサービスを兼ねて」

「そこでは奥さんや家族の写真はあげたり名前を出したりしてるのか」

「最初の頃は何枚か。でも、最近ではあげないようにしてるんだ。とくに娘のほうは。

なにかと物騒だからね。近ごろヘンタイも多いし。でも、うちの奥さんの写真を見てひと目ぼれして、わざわざぼくに嫌がらせなんて、実際するものかな」

通学路で見かけた近所の子どもを誘拐し、連れ回したガキならおれはひとり知っている。

「わからない。そういうことをするやつの頭のなかは宇宙人みたいなもので、まともな理屈なんて通じないんだ。それでも、ひとつだけはっきりしていることがあるよな」

スマートフォンの向こうでゴロウが黙りこんだ。

「そいつは今日あんたに嫌がらせをした。たまたまついてきたおれにもだ。すごいスピードで走ってるときに、後輪がパンクしたらどうなる？　たまたま後ろに都バスかダンプカーがついてきていたら？　肉体的な危害を加えてもいいという悪意をもっているやつが、今日も巣鴨のマックの前にいたんだ。そいつだけははっきりしてるだろ」

ゴロウはおおきくひとつ息を吸った。震えるような声で漏らした。

「わかった。明日はどうする？　もうマコトくんを巻きこまないほうがいいのかな」

おれはアメコミ映画のヒーローのように笑ってみせた。

「おれの自転車のパンクを直しておいてくれ。明日も巣鴨にいくから」

「……だけど、どうして？」

おれはカブの浅漬けをばりばりと噛んでいう。

「嫌がらせには嫌がらせで対抗しないとね。やつが誰だか知らないが、そいつはおれがいるのを嫌がってる。それなら向こうが音をあげるまで、毎日顔を出すさ」

徹底して相手が嫌がることをする。プレミアリーグの名監督みたいだよな。

「じゃあ、また今朝と同じ時間でいいのかな」

やってみてわかったが、おれの足ではとてもゴロウにはついていけなかった。

「明日はランチタイムが終わってから、暇なときに顔出すようにするよ。筋肉痛がひどいんだ」

電話の向こうから笑い声がきこえた。トラブルシューターはいつだって運動不足なのだ。

つぎの日もよく晴れた東京の冬空。おれが店番をしていると、昼休みの終わりにめずらしい客がきた。よれよれのキャメルのコートに薄毛。いつかおれがデカく稼いだら、こいつにアクアスキュータムのトレンチコートでも買ってやろうかな。
「よう、マコト、張り切って労働してるか」
池袋の寅（とら）さんみたい。挨拶はおれにしてるが、目が探しているのはうちのおふくろだ

やる。

った。独身中年の恋心っていじらしいよな。おれはゴール前に絶好のアシストを出して

「おふくろ、吉岡刑事がきたぞ」

おふくろもまんざらでもないらしく、エプロンで手を拭きながらやってきた。おれは

ふたりからすこし離れて、店先のザルに王林を積み始めた。四つで六百円。これでもか

なりのバーゲンなのだ。吉岡がおふくろにいった。

「昨日から豊島区全域でK14の警戒態勢に入りました」

なんだか警官らしいものいい。こいつはいつもうちの店で、メロンやパイナップルの

串を買って歩きぐいしながら、池袋署に帰る不良刑事なんだが。おふくろがいった。

「K14ってなんなんですか」

「例の宅配便強盗です。このひと月半で六件も発生していまして、うちの署の生活安全

課も全力で犯人を追っています」

おれと話をするときとは別人のような丁寧語。おれは口をはさんだ。

「そのK14って、大塚とか巣鴨とかで連続してる強盗だよな。確か外国語なまりがある

とか、なんとか」

おれはようやく前日のニュースを思いだした。

「ああ、そうだ。どうも外国人風の人間が絡んでいるらしい」

おふくろがいう。

「だけど、狙っているのは毎回年寄りとか、女子どもの所帯だけだというでしょう。どうして、そういう家だとわかるのかしらねえ」

おれも同じことを考えていた。家族構成なんて、外からでは知りようがないはずだ。

「そこはうちの署でも頭を悩ませておりまして。どうだ、マコト、街のガキの間でなにかおかしな噂はないか」

新年一月の池袋は至って平和なものだった。そういえば、まだ年が明けてからタカシとまともに口を利いていない。

「いや、別にないな。新しいトラブルに首を突っこんではいるけど、K14とは関係なさそうだ」

吉岡の顔つきが変わった。鋭い刑事の目になる。

「ほう、どんな事案だ？」

ゴロウの自転車損壊と家族への脅迫を簡単に話した。最後にいってやる。

「これくらいだと、巣鴨署だって動いちゃくれないよな」

吉岡は肩をすくめていう。

「ああ、もうそいつの被害届はファイルにまとめて、引き出しの海の底に沈んでるな。誰も動いちゃいないだろう」

キングに嫌味をいうときの奴隷口調で、いってやる。

「市民を守る警察様のお仕事は立派なものでごぜえますね。おかげで、おれごときが繁盛させてもらってますだ」

吉岡も刑事の地を出してくる。

「しかたねえだろ。こっちだって、他にたくさん事件抱えてんだから。おれなんか、リモートもなしで残業につぐ残業だぞ」

おれの店番も吉岡の池袋署勤務も、現場の肉体労働という点では変わらなかった。

「わかってるよ、ご苦労さん」

万年平刑事の顔がやわらかになった。おふくろにいう。

「そこのオレンジください。ひとりのときは宅配便に出ちゃいけませんよ。置き配にでもしてもらって、決してドアを開けたらいけない。危ないことはみんなマコトにやらせておけばいいんです」

二枚目風の台詞だった。吉岡は有料になったレジ袋を提げて、悠々と仕事場に帰っていく。男らしいのか、みじめなのか、よくわからない背中だった。だが、やつのいうことには一理あった。指名手配犯K14が豊島区でのさばっているのなら、ドアは確かに開けるべきじゃない。

二時過ぎにまた巣鴨のマクドナルド前にいった。昼のハイタイムが終わると、ビッグフットの仕事もだいぶ手すきになるようだった。一時間に二件ほどのデリバリーで、あとは日の当たる歩道で配達員のおしゃべりタイム。おれはそれとなく様子をうかがっていた。その日も五人だったが、このなかの誰かが嫌がらせ犯なのだ。

まずライダースを着ていても、気の弱そうなノブ。去年まで西新宿のバーでバーテンダー見習いをしていたという。二人目は四十歳手前の薄毛の大原信三（おおはらしんぞう）、こちらは大塚駅前の酒屋で配達のバイトをしていたが、コロナで店の売上が落ちると真っ先に首を切られたという。三人目は専門学校生の伊東（いとう）翔空、名前の読みは案外単純でスカイだった。おれなら二十歳で即改名するけどね。こいつは前のバイトを首になっている。

そして最後に、やたら気難しい五十代のロマンスグレイ西俊彦（にしとしひこ）。やつの話にはすぐに中国と韓国の悪口が出てくる。日本のメディアのほとんどは北朝鮮からの資金で運営されているんだそうだ。とんでもない資金力。この男はいまだにトランプ元大統領を支持していて、選挙は不正だったと真顔でいった。

なんだか巣鴨の配達員は、コロナ禍の日本の縮図のようだった。エッセンシャルワーカーとすかした名前で呼ばれているが、自分の身体を使って懸命に現場で働き、それでもなにか事が起こると最初に仕事を失う弱い立場の人たちだ。不正選挙のフェイクニュースだって信じたくなるのも無理はないよな。あちこちで散々蹴とばされ、ビッグフットに流れついてきたのだから。

おれはそれから真冬の三日間、自転車で巣鴨を駆け回った。山手線の西側のように若い女たちに人気はないけど、暮らしやすそうないい街である。それと自転車もけっこうたのしいもんだよな。とくに好きな歌でもハミングしながら、公園や川沿いの小道を走るときなんか。自分の足でペダルを踏んでいると、確かに生きているという気分になる。

このトラブルが片づいたら、おれも一台ロードバイクを買おうかな。

四日目は冷たい雨が降って、ゴロウの配達もお休み。雨の日は配達員もすくないので効率はいいらしいが、さすがに身体の芯まで冷え切るし、アスファルトが滑りやすく危険なので、休日にしているそうだ。

おれもほとんど客がいない店で、ぼんやりと冬の雨を眺めていた。冷蔵庫でキンキンに冷やした銀の針が池袋西口に降ってくる。雪になる直前のみぞれまじりの雨だ。ＣＤ

ラジカセでは、順番にモーツァルトのピアノ・コンチェルトをかけた。さすがに二十七曲もあるので、いくらでも時間は潰せるのだった。

店頭のテレビではお決まりのワイドショー。おふくろは専用のハイスツールに腰かけて、お笑い芸人がコメンテーターを務めるニュースだかバラエティだかよくわからない番組を真剣な顔で観ていた。

「次は東京豊島区で頻発する宅配便業者を装った強盗事件の続報です。昨夜午後七時頃、巣鴨一丁目のマンションで、ひとり暮らしの館林紘子（たてばやしひろこ）さん七十二歳が襲われました。ドアを開けると目出し帽をかぶった男二名にカッターのような刃物を突きつけられ、現金二万二千円を奪われました。また現場では片言の日本語と外国語が使われていたということで、警察はそちらの筋でも捜査の手を広げています」

またK14の事件だった。年寄りにカッターを向けて、はした金を盗む。なんというか、粗雑な犯罪である。おふくろが腕組みをしていった。

「また年寄りだけの家が狙われたんだねえ。なにか情報でもあるのかしら。宅配便どころか、これじゃあビッグフットだって、おちおち頼めないね」

そのときだった。雷に打たれたようにデリバリーの配達員と押しこみ強盗が、おれの頭のなかで結びついたのだ。天啓ってあるよな。アルキメデスみたいに西一番街を裸で走りたくなった。

「おふくろ、ありがとな」

「なんだい、気味の悪い」

目出し帽をかぶった外国人風の男たち、狙われるのは高齢者と母と子だけの世帯、どうやって、その世帯が高齢者やシングルマザー世帯だとわかったのか。そいつは配達にいったことがあるからだろう。ビッグフットの誰かがK14とつながっている可能性がある。では、嫌がらせは誰がやっているのだろうか。

なにかがわかったと閃(ひらめ)いたとたんに、また別の問題にぶつかる。なんというか、新しいワクチン開発みたいだよな。

雨降りの翌日、東京は春のような陽気になった。最高気温が十六℃を超え、ダウンなんかいらないくらい。暖かくなると気分もゆるむよな。ビッグフットも開店休業。それはそうだ。みな自分の足で街に出て、ランチをたべにいくからな。
午後二時近くおれたちはまたも広い歩道で、無駄なおしゃべりをしていた。西のおっさんがいう。
「だいたい百万単位で、投票が消えてしまうなんて、普通の文明国なら考えられないだろう。トランプが大統領として再臨する四年後まで、わたしたち日本人があの超大国をしっかりと監視しなければならない」

またいつもの陰謀論と説教だった。配達員は誰もきいていない。おのおのスマートフォンをいじりながら、なかなか入らない注文を待っている。次の瞬間、全員が色めき立った。ほぼ四十分ぶりの新たな仕事が、液晶画面に流れてくる。最初に受けたのはまたしてもゴロウだった。

「お先にいただき。じゃあ、いってくる」

そういうと軽やかにマックの自動ドアを抜けていく。

「なんだよ、いつも早いな」

そう嘆いたのは専門学校生のスカイだった。元酒屋の配達、シンゾウもいう。

「ほんとにあの人は、自転車もスマホも早いんだよなあ」

チッと舌打ちしたのは気の弱そうな元バーテンダー見習いノブである。

「ちょっと遠慮して欲しいよ。ゴロウさんは正社員で、他の収入源もあるんだからさあ」

どうやらあまりの腕利きは仲間に歓迎されないらしい。他の四人は独身だが、ゴロウには妻も子どももいる。そういう事情は考慮されないようだ。

おれはその場をはずしたくなってきた。

「ちょっとトイレ借りてくる」

マクドナルドとビッグフットでは話がついているようで、配達員は商品を買わなくともトイレを使用することができた。レジの前を通ると、ゴロウが紙袋の中身を確認していた。レシートが貼ってあるので、スマートフォンの画面と照合するのだ。

「あれ、すみません。ナゲットがひとつ足りないみたいだけど」

カウンター越しに、店員に声をかけている。おれは無視してトイレにいき、ほんの数十秒で戻った。店の奥から、外の歩道まで二十メートルはある。そこには四人の日本人配達員がいた。西とシンゾウとスカイはスマートフォンを熱心に見つめて、新たな注文を探している。ノブだけ立ち歩いていた。ゴロウとおれの自転車が停められた車道から戻り、三人に混ざろうとしている。おれはそのとき見たのだ。やつの右手でなにかが陽光を受けてきらめく。鋭い金属の針のようなもの。

おれはゴロウの肩を突いた。

「そっちの仕事はいいから、すぐきてくれ」

「えっ、待ってくれ。まだチキンナゲットがきてない……」

おれの顔色を読んで、口をつぐんだ。小走りでマックを飛びだし、おれはガードレールに腰かけているノブの前に立った。黙ってにらみつけると、やつの目が泳いだ。おれの後ろにはゴロウが立っている。

「おい、今ポケットにしまったものを見せてみろ」

元バーテンダー見習いがそわそわと落ち着きなく、周囲を見渡した。おれは視線を走らせる。こいつの仲間がどこかにいると面倒だ。今日はタカシとGボーイズのバックアップもない。だが、昼下がりの巣鴨駅前には、やばそうなやつは見当たらなかった。五メートルほど離れたところで、外国人配達員が五人ほど談笑しているだけだ。ベトナム人？　まずいかもしれない。だが、動き始めた事態はとめられなかった。おれの手が勝手に動いている。

「ちょっと見せてもらうぞ」

黒革のライダースのポケットに手を入れようとした。

「なにすんだよ」

おれの手を振り払うとき、ライダースの裾が激しく揺れた。こつんと音を立てて歩道に落ちたのは、小ぶりのアイスピックだった。ゴロウの顔色も変わる。

「ノブくん、きみがパンクさせてたのか……」

ノブは小柄で細かった。こいつひとりくらいなら、おれだけで制圧できる。やつの細い手首をつかんだとき、ノブが叫んだ。

「グエン、ファム、助けてくれ」

ベトナム人の集団が、こちらを見つめている。そのうちの若い学生風のふたりが、こちらの様子を不安げに観察している。おれはノブの手首を外側に折り、やつの背後に回った。ブルゾンのポケットから拘束バンドを出して、やつの手首に通す。

それを見ていたグエンとファムは、おれのほうではなく車道に停めた自転車に向かって走りだした。おれはスカイに叫んだ。

「ノブが逃げないように見張っててくれ。こいつは宅配便強盗の仲間だ」

ゴロウは意味がわからず硬直している。

「あのふたりを追ってくれ。刃物をもっているかもしれないから、気をつけて。後からおれもいく」

グエンとファムは立ち漕ぎで白山通りを豊島市場のほうへ走りだした。ゴロウも自慢のロードバイクで追いかける。突然飛びだしてきた自転車のせいで、空車のタクシーが急ブレーキを踏んだ。おれもランドナーに飛び乗った。助かった。ノブがアイスピックで突いた穴はちいさく後輪のエアはまだもっている。

おれは自転車のペダルを全力で踏みながら、池袋署の吉岡に電話した。

「なんだよ、マコト。こっちは忙しいんだ」

「K14を見つけた」

「なにっ！　ほんとか？」

「ああ、K14はベトナム人のビッグフット配達員。おれは今、自転車でやつらを追っている。目の前で巣鴨地蔵尊の参道に入っていった。すぐに手配してくれ」

とげぬき地蔵の参道は、好天と陽気に誘われた年寄りで混雑していた。土産物屋、団子屋、老人向けの恐ろしく派手な洋品店。おれは先行するグエンとファム、それにゴロウを追いかけ、全速で飛ばした。

だが、さすがに敵は毎日デリバリーで鍛えているだけのことはあった。距離はなかなか縮まらない。ラッキーだったのは地蔵尊まで五十メートルほどのところで、道路工事が行われていたことだ。年度末に向けての駆けこみ工事も、たまにはいい仕事するよな。片側一車線がふさがり、工事用のダンプカーが工区にゆっくりとブザーを鳴らしながら後退していく。ガードマンが制止する工事現場にベトナム人ふたりが侵入していく。けれど、ダンプカーは道幅いっぱいをふさいでいた。グエンもファムも、当然ゴロウも自転車を停めるしかない。遠くからパトカーのサイレンがきこえてくる。

おれは自転車を乗り捨て、両手をあげて、ふたりの若い配達員に近づいていった。

「もうおしまいだ。ここにはすぐ警察がくる。逃げるならとめないけど、罪が重くなるだけだ。おれたちはあんたたちがどこに逃げても、自転車で追いかける」

グエンは中肉中背、髪はスポーツ刈り。ファムは小柄で、前髪は眉ぎりぎりで切り揃えた韓流スタイル。ふたりは目を見あわせた。おれは距離をとって、着ていたブルゾンを腕に巻きつけた。カッターをとりだされたら、危険だからな。

ふたりはまた目を見あわせ、うなずいた。耳からちいさなイヤフォンを抜いた。地面に叩きつける。小柄なファムが絞りだすようにいった。

「ニホンのみなさんに、スミマセン。工場を首になって、お金がなくて、仕送りしないといけなくて、コーチの仕事を受けてしまった。ほんとにスミマセン」

途方に暮れたように立ち尽くす。ふたりが警察官にその場で逮捕されたのは、二分後だった。真冬だが、ぺらぺらのウインドブレーカーと長袖Tシャツ一枚。グエンとファムが生活に困っていたのは、確かなようだ。

それにしても「コーチ」って、いったい誰なんだ！

たまたま事件は解決したが、おれにはわからないことばかり。なんとも奇妙なトラブルだった。

ここから先は、その後警察の取り調べで判明した事実である。
最初にネットの裏サイトで「ヘッドコーチ」を名乗る男に連絡をとったのはノブ。や

つはビッグフットのデリバリーで得た老人やシングルマザー世帯の情報を、コーチに売った。コーチが宅配便強盗の手口を考え、ノブにベトナム人配達員ふたりを口説かせた。情報を売るやつがいて、犯罪の手口を考えるやつがいて、貧しい実行犯がいる。よくできた分業制だった。グエン・フック・ヌー二十三歳とファム・ミン・セイ二十二歳は、ホーチミン市郊外の同じ村の出身だった。年収に匹敵する渡航費を支払って日本にきて働き、首になっても帰国する費用はなかった。当たり前だ。渡航費だって借金で、余った金はすべて故郷に送金していたのだから。また去年の緊急事態宣言下では、飛行機も飛んでいなかった。いや、仮に飛んでいたとしても、格安のLCCでさえふたりにとっては高過ぎたのだろう。どちらにしても帰国の道は閉ざされていたというしかない。

田崎信行とグエン、それにファムは巣鴨署に逮捕された。

ネットの黒い海に潜っている「ヘッドコーチ」は未逮捕のままだ。

無理もない。ノブもベトナム人ふたりも、「ヘッドコーチ」というふざけたニックネーム以外、やつの情報をなにも知らされていなかった。

いつかコーチが池袋でコトを起こしたら、そのときはおれとタカシできっちりと決着をつけてやる。おれはそう固く胸に刻んだ。

ゴロウへの嫌がらせは、休息中のひと言から始まった。トリプルワーカーは雑談のなかで漏らしたのだ。

「最近ニュースになってる宅配便強盗が襲ったところのほとんどは、ぼくもデリバリーにいったことがあるんだよなあ。偶然なのかな」

それをきいたノブが、コーチに話し、コーチはゴロウにプレッシャーをかけるように命じた。ゴロウの家族情報はコーチからノブに送られてきたという。放っておけばいいものを、やつらにとってはとんだヤブヘビだったという訳だ。

翌週のまたも暖かな昼下がり、うちの果物屋の前にロードバイクが停まった。ゴロウがカチカチと専用のシューズを鳴らしてくる。おれも一度履かせてもらったが、あれはかかとがなくてひどく歩きにくいのだ。

ゴロウはビッグフットの箱から、レジ袋をとりだした。

「はい、ご注文のとげぬき地蔵の団子だよ。みたらしと草団子が四本ずつ。いやあ、マコトくんには今回ほんとにお世話になりました。文章だけでなく、あんなに頭が切れるなんて、立派なものだよ」

横から吉岡がぼそりと口をはさんだ。

「こいつはそんな立派なタマじゃない。いつも運がいいだけなんだ。谷原さんがうちの生活安全課に最初に声をかけてくれたらなあ。すぐに犯人逮捕できたのに」

　おれはプラのパックではなく、紙のように薄い木の包みを開いて、みたらし団子を一本抜いた。吉岡に差しだす。

「まあ、あんたの実力は疑っちゃいないけど、ほんとに運が悪いよな。独身なのに、そんなに頭が薄くなるしさ」

　ひったくるように団子の串を奪うと、ひと口で三つもたべてしまう。育ちの悪い平刑事。おふくろが草団子をとっていった。

「あのグエンとファムはどうなるんだろうね」

　吉岡が西一番街の奥を眺めながら口を開いた。

「誰も怪我をしていないし、カッターもちいさなものだった。前職の工場から減刑嘆願も出ています。本来は生真面目な若者だったようです。それなりに罪は償ってもらいますが、そう重くはないと思いますよ。再起は可能でしょう」

　ゴロウが自分もみたらし団子をたべながらいった。

「そうなると、ぼくもうれしいなあ。ベトナムに貧乏旅行したとき、現地の人たちにすごくお世話になったから。働き者で、シャイな人が多いんですよ。日本人に似てると思うんだけど」

　おれはもう一本の草団子を手に、東京の磨いたばかりの窓のような冬空を見あげた。

今はまだ海外に飛ぶのは無理がある。だが、きっと夏になればベトナムへの直行便も復活しているはずだ。日ざしは春になり、新しいワクチンもやってくる。ベトナムに飛んで、アオザイを着た腰の細い女の子に街を案内してもらうのも悪くなさそうだ。この冬と緊急事態を抜ければ、その先にはきっといいことが待っている。

炎上フェニックス

今おれたちの国は、呪いと怒りの言葉であふれている。

SNSでもテレビでも、ひとつ間違った発信をすると、とたんに骨も残らないほど焼き尽くされ、粉々になるまで叩かれるのだ。スマートフォンをつくれるほど進化した現代人の得意技、例の大炎上ってやつだ。弱みを見せたやつを寄ってたかって殴り、気の毒な誰かが水に落ちたら、溺れ死ぬまで棒で叩く。その後は遺体が二度と浮かんでこないように、水底まで皆で踏みつけ沈めてしまうのだ。

ほんと「正義の鉄槌（てっつい）」を振るうって、気もちいいよな。

それも大勢の野次馬のなかの顔のない一員として、安全な場所から呪いの言葉を投げつけるのは、最高に胸が晴れるものだ。正義はかくして執行された。もっともその手の安い呪いや怒りの元は、ネットの見出し一行だったり（記事の本文は面倒だから読まない）、当人のコンプレックス（主に体重の超過）だったり、格差社会でままならない人生への不満（定年後再雇用三年目）だったりする。呪いを投げつけられる炎上元は、いい迷惑。

　さいわいなことに、おれはＳＮＳを一切やっていないので、炎上する可能性はゼロ。まあ、その分ネットの世界では存在感もゼロなんだけどね。名もない街の誰でもない人間でいるほうが、おれの場合心地いいのだ。見ず知らずのやつから、たくさんの「いいね」をもらうより、信頼するひとりかふたりから、短いほめ言葉でももらうほうが、ずっと手応えがある。キング・タカシとかね。あんただって、きっとそうだろ。

　いまだコロナが消えないこの春、おれが池袋で出会ったのは、正真正銘の不死鳥だった。どれだけ焼かれ、叩かれても、灰のなかから立ちあがり、自ら信じる道へ困難な一歩を踏みだしていく。『バイオハザード』のミラ・ジョボビッチみたいなショートのフェニックスである。

　おれは彼女の依頼で、何の接点もない他人に呪詛の言葉を投げる顔のない人々に会い、仮面の下の素顔と弱さを見てきた。もちろん、なかには危険な野獣もいたのだが、そういうのは百万のなかのひとつの例外。今回はそのビーストがちょっとやばかったんだけどね。

　さあ、肌寒い初春の話を始めよう。酔っ払いのいない、誰も宴会をしない清潔な春に、おれはネットの地獄めぐりをして、この時代に生きる呪いと話をした。なあ、あんたもSNSの正義の人には、心底気をつけたほうがいいよ。

「あんなにいい人」が自分が信じる「正義」のために、急に鬼に変身し、滅びの言葉を吐き散らす。

『呪術廻戦』ではないが、そいつがおれたちの時代の呪われた両面宿儺(すくな)なのだ。

ウエストゲートパークのサクラは毎年けっこうな見物(みもの)なのだが、今年は静かなものだった。なにせ回遊式庭園のように立ちどまって花を見あげることも許されない。あちこちに警察官と区の職員が立っていて、飲酒は禁止、宴席は禁止、歩きながら見るのはいいけどとまったらダメと注意喚起しているのだ。大切なのはマスクとソーシャルディスタンス。なんだか都知事の記者会見じゃないけれど、最近横文字が多すぎないか。
うちの店も、御多分に漏れず夜八時（あるいは九時）までと、競合相手のいない時間帯の営業ができなくなった。池袋の街を歩く人の姿も、三割から四割は減っている。まあ、無理もないよな。北口のホストクラブやキャバクラで、何度かクラスターが生まれているので、よそ者からしたら、池袋は「怖い」街なのだ。

という訳で、おれは毎日暇でひまで、夜は読書と音楽鑑賞くらいしかすることがなくなってしまった。飲み屋はほぼ閉店、映画館も洋画の新作はほぼストップ、店という店が夜になると閉まってしまうのだ。池袋は西口も東口も、夜はゴーストタウン。だから、その四月の夜、タカシに呼びだされたときには、気分が浮きうき踊りだしそうになっていたのも当然なのだ。これで久々に夜遊びができる！

外出の準備をしていると、おふくろがネットフリックスの韓流ドラマから目を離さずにいった。敵は毎日六時間ずつ観ているので、ほぼ全作品を制覇している。好きなのは『スイートホーム』と『今際の国のアリス』（こっちは日本製だけど）。恋愛ドラマはお腹一杯なのだとか。

「タカシくんに会うんだろ。また、店にも顔出すようにいっとくれ」

おれは思うんだが、女っていくつになってもイケメン好きだよな。若くても年をとってもハンサムが好き。不治の病ってやつ。

「ああ、いっとく。今夜は遅くなるかもしれない。先に寝ててくれ」

玄関でスニーカーを履いた。復刻したナイキのエアマックス。店の脇の階段を駆けおりようと、膝の屈伸をしたところで、リビングから声が飛んだ。

「それから、タカシくんにいい子がいたら紹介してくれってお願いするんだよ。タカシくんの目なら信用できるからさ」

まるでおれに女を見る目がないみたいないい草。カチンときた。

「ああ、意地悪な年寄りはすぐわかるけどな」

「なんで、そういう嫌味な返事をするのかね。最近の子ときたら」

おれはぎしぎしと鳴る木製の階段をおりて、西一番街に着地した。春の夜風が吹いてくる。新しいスニーカーの調子は最高。踵に羽が生えたみたい。なあ、おれが毒親の本を最近何冊か読んでいるのも、当たり前だよな。

グローバルリングの王冠を飾るように、葉桜の緑が夜空に映えていた。花の残りはもう二割ほどで、後はきれいな新緑ばかり。日本人は現金なもので、そうなると誰もサクラに見向きもしなくなる。円形広場もがらがらだ。『徒然草』じゃないけれど、花は盛りのみ見るもんじゃないんだけどね。秋になれば散ってしまう落葉樹の新緑は、向こう側が見えるほど透きとおり、空を群れるように泳いでいる。風が吹けば一段淡い葉裏を覗かせて、緑の群れがいっせいに身を翻すのだ。いつか地に落ち、枯れ果てるものの美しさ。来年はあんたも、ちゃんと見てやってくれ。

ベンチには男がふたり座っていた。タカシは今年の春らしいスプリングコートを着ている。大柄のチェックで、紫と緑という難易度の高い色あわせ。たいていの男なら袖を通すのも二の足を踏みそうな服を、なぜか趣味よさげに着こなすセンスが池袋のキングにはある。

隣にはネイビーのレザー・ライダースを着て、ファスナーを一番上まで締めた、こちらもきれいな顔をした男。髪は明るいブラウンで、ジーン・セバーグみたい。ベンチに近づいたおれが手をあげると、タカシは黙ったままうなずいた。周囲に視線を走らせる。ベンチの後方のサクラの木の下には、Gボーイズの護衛がふたり息を殺している。

「タカシからウエストゲートパークに呼びだしなんて、めずらしいな」

つまらなそうにキングがいった。

「ラスタ・ラブも八時で閉店してる。しかたない。Gボーイズもウイルスには勝てない」

まあ、そういうことなんだろう。この街でなら、やつらはほぼ無敵なんだけどね。おれはパイプベンチの前に立った。タカシが紹介してくれない男をよく見てみる。

あれ、おかしいな。眉の形がきれいに整えられ過ぎているし、顎がほっそりとしている。目元の表情は険しいが、男のように不愛想ではない。おれの様子に気づいたタカシがいった。

「こちらは中林穂乃果（なかばやしほのか）さん。今回の依頼人だ」

驚いた。仕事の依頼だったのか。てっきりおれはタカシと禁酒法時代のスピークイージーみたいな秘密のバーで一杯やるものだと思っていた。マスクで乾杯。

タカシから紹介された男みたいな女が、薄青いマスクをとった。

ハリウッド映画なら男たちが口笛を吹く場面だ。ホノカという女は偉い美人だった。唇は一直線に険しく、甘さはない。化粧っ気もほとんどない。ＬＧＢＴＱＩＡかもしれない。最後のＱＩＡがわからないというやつは、いったん読むのを止めてグーグルで調べてくれ。あんたも五輪担当の元総理みたいになりたくないだろ。知識はいつも更新しておかないとな。

ちなみにおれは池袋育ちだから、ＬＧＢＴＱＩＡの友達は何人もいる。だからといって偏見から完全に自由とはいえないけどね。

キングの紹介が続いていた。

「ホノカさんはＭＢＣの元アナウンサーで、現在深刻な問題を抱えている。詳しくは本人から直接きいてほしい」

元でも現でも、おれの女子アナについての知識は限りなく薄い。わかるのはＭＢＣだけ。メトロポリタン・ブロードキャスト・センターは都が半額出資して設立したまだ新しい東京ローカルのテレビ局だ。おれはほとんど観ることはないけれど。

「で、この頼りなさげなのが真島誠。池袋いや東京イチのトラブルシューターだ。こいつは人の話をきくのが上手いし、人の心にある支点を見つけだし、人を動かすのが上手い。こんなアホ面だが、誰もが認める特殊技能をもっている」

アホ面と東京一のトラブルシューターのどちらに反応したらいいのか、自分でもわからなくなる。タカシの上げ下げの激しさは、スイスアルプスの登山鉄道みたい。ホノカはさっと姿勢よく立ちあがると、ぺこりと頭を下げた。

「よろしくお願いします。中林穂乃果です」

声はさすがに素晴らしい。女子アナといってもバラエティ番組できゃっきゃっとはしゃぐタイプではなく、報道でニュースを読むほうだ。改めて顔を見た。頬がこけているので、ジーン・セバーグも断食中。長身で百七十に一センチか二センチ足りないくらい。体重は余裕で四十キロ台だろう。紺の革ライダースの胸は慎ましい。性的な視線で初対面の女性を見るのは、セクシュアルハラスメントか。

「マコトも座れ」

電線にとまるスズメのように春の冷たいパイプベンチに並んで座った。タカシが真ん中。

「あの、わたしは元アナウンサーではなく現在休職中です。たいしたお礼は差しあげられませんが、それでもだいじょうぶでしょうか」
おれよりも先にキングがこたえた。
「だいじょうぶだ。マコトは金で動く男じゃない」
そういわれると、あまのじゃくなおれは逆に金がほしくなった。でも、別にいらない
か。金はあっても困るものじゃないが、もち過ぎると必ず人を同情心のないやつに変え
る。タカシの横顔の向こうから、ホノカが顔を覗かせた。破壊的な威力のある左斜め四
十五度。
「マコトさんは、ほんとうにそれでいいんですか」
テレビ局にいたら金で動かない人間を見つけるのは至難の業だろう。おれは胸を張っ
てうなずいた。貧しい街の貧しい店番にもプライドはある。
「ああ、金はいつももらわないことにしてるんだ。税金が面倒だから」
タカシがおれを見て、頭がおかしいのかって顔をした。字幕をつけるなら、「この最
低税率の間抜け野郎」ってとこ。
「おれはホノカさんから、ひと通りの事情はきいている。マコトに話してやってくれな
いか。近くのコンビニで温かいカフェオレでも買ってくる」
買いものならボディガードを使えばいいのだが、タカシはベンチを立った。ふたりで
する話と三人でする話、直接会ってする話とリモートでする話は、すべて違う。ようや

くおれの頭が、トラブルシューターのモードになった。ポンコツエンジンのフル回転だ。

「砂糖はいるか」

ホノカは首を横に振った。おれはいった。

「三グラムのやつをふたつ」

本格的に苦いコーヒーならいつもスティックシュガー三本なのだが、背伸びして二本にしておいた。おれは甘い人間だ。

ホノカは円形広場の石畳に視線を落としていた。薄汚れたサクラの花びらが風に転がっていく。

「マコトさんは、ネットニュースとかツイッターとか、見るほうですか」

おれは過剰に人を褒めたたえる言葉も、過剰に人を攻撃する言葉も苦手だった。SNSは両極端すぎる。ヤフーニュースのコメント欄など読んでいられない。

「いや、あんまり見ないようにしてる。なんていうかな、みんなちょっと激しすぎないか」

ふっと安心したように息を吐いた。当たり前の返事だと思っていたが、今の質問はホノカにとってひどく重大な意味があったのかもしれない。

「ホノカさんは、なにかネットであったのかな」

冷たい春のビル風が吹き寄せた。ホノカは文字通り全身を震わせ、両手を交差させ自分の身体を抱き締めた。

「ひどい目に遭いました。今も遭っています。わたしには誰が正しくて、誰が間違っているのか、まるきりわからなくなりました。手短にお話しします。絶対に泣かないように努力しますが、うまくいかなかったら、ごめんなさい」

そういうと、ホノカはサクラの花びらくらい薄くうすく笑った。

おれは考えていた。これから地獄巡りが始まるのだ。若くてきれいな女性アナウンサーが頭を丸めるくらいのな。おれたちみたいな野郎の髪とは違うのだ。あんたも心してきくように。

「二年半ほど前、わたしはＭＢＣの夕方の情報バラエティ番組のＭＣをしていました。九十分の帯番組で、ニュースが四分の一、都知事の会見が四分の一、残り半分は生活情報という配分です」

都知事の会見に生活情報か、おれには縁のない世界だ。

「わたしは局に入ったときから報道志望だったので、ニュースを読めるのはうれしかったです。生活情報のほうは無理にテンションを上げるのが苦しかったですけど」

塩ラーメンの名店巡りとか、コンビニスイーツのベストテンとか、上手にポイントを貯めるキャッシュレス決済の使用法とか、その手の雑情報。ノンアルコールビールみたいなやつな。

「ホノカさんの年はわからないけど、その頃二十代なかばくらいだよな。みんなから将来を期待されていたんだな。順風満帆（じゅんぷうまんぱん）じゃないか」

女子アナにもスターになり華々しく独立して活躍する道と、局に残り手堅く昇進していく道があるものだ。ホノカはきっと後者だろう。ということは、お笑い芸人やプロ野球選手とは結婚しないタイプである。

余談になるが、前者の女子アナの富への嗅覚（きゅうかく）は麻薬探知犬なみだよな。その時代の金持ちを摑んで絶対離さないのだ。彼女たちが選ぶ結婚相手を見れば、ビジネスの潮流が日経新聞を読むよりよくわかる。バブルの頃は青年実業家という名の不動産業者。崩壊後は主に野球選手。Ｊリーグ草創期はサッカー選手もいたが、その期間は短く（海外組のスター以外は野球より年俸が低いため）、現在はお笑い芸人とユーチューバーと青年実業家（今回はＩＴ起業家）が結婚相手として大人気だ。自分に足りないものは石に齧りついても手に入れてみせる。女子アナという戦闘種族のガッツは見あげたもので、おれなんかは素直に尊敬してもいいくらいだと思っている。今のニッポンに一番足りない動物的本能だ。

「いいときというのは、自分ではわからないものですよね。毎日全国紙すべてに目を通し、週刊誌もチェックしていました。番組は生放送だったので、九十分の間、頭と身体すべての神経を研ぎ澄ましていました。あの、おかしいと思うかもしれませんけど、風邪を引いて体調が悪い日があっても、生放送の間に熱も下がり、喉の調子もよくなって、完璧に治ったこともありました。打ち上げで飲みにいってもぜんぜん元気で。あんな素敵な緊張感はもうないのかもしれないな」

地獄に堕ちる前の楽園の話を、ホノカは懐かしそうに語った。おれは店番をしていて、風邪が治ったこともないし、数百万人の視線を集めたこともない。そういう別世界があるのだと思うだけだ。

「へえ、女子アナの仕事は、やりがいがあったんだな」

ホノカはこけた頬でうなずいた。

「過去の栄光です。もう二度とあんな凄いことはできないかもしれない」

「でも、休職中なんだろ。現場に戻れば、また仕事ができるんじゃないのか」

ホノカは半分吸った息を途中で止めた。おれまでつられて息をのんでしまう。共感性が高すぎるのはおれの弱点だと思う。

「局の先輩は帰ってこいといってくれますが、戻れるかどうか、自分ではわかりません」

なにかが起きて、大好きな仕事さえできなくなるほど深く傷つけられた。髪を切り、たぶん体重が十キロ以上落ちるような衝撃だ。おれは耐ショック防御の姿勢をとった。共感しすぎたままひどい話をきくと、引きずられて吐き気がしたり、頭が痛くなるのだ。

案外、東京イチのトラブルシューターも繊細だろ。

しばらくホノカは息を整えていた。番組の流れを止めて、緊急のニュース原稿でも読むように。
「高浦健一さんというADさんがいました」
その名前を口にしただけで、ホノカの空気が変わった。『ハリー・ポッター』の「あの人」を思いだす。決して口にしてはいけない者の名だ。おれも息を潜めて続きを待った。
「高浦さんは、うちの局に出入りしている制作会社のADさんでした。年はわたしよりふたつ上で、ずいぶんと助けてもらったことを覚えています。関西の名門国立大学の出身で、いいテレビ番組をつくるのが、なによりの夢で二日も三日も徹夜作業をしても、決して弱音を吐かない人でした」

ホノカはベンチの上で震えだした。ライダースのポケットからスマートフォンを抜く。最新の黒いアイフォン・プロだ。画面を見ないように顔をそむけて操作した。

「この人です」

おれのほうに画面を向ける。けっこうなイケメンが映っていた。朗らかに笑っている。歯がきれいで、笑顔に濁りはなかった。誠実さをもち味にする俳優がいる。というより、その人間の顔から放たれる第一のメッセージが誠実さである役者というべきか。日本なら妻夫木聡、アメリカなら若い頃のトム・ハンクス。まあ、ハリウッドにはジェイムズ・スチュアートのような無垢のイメージの俳優がいつの時代にもいたんだけど。

高浦健一には、そんなイノセントさがあった。見る者にきっといい人に違いないと思わせる無邪気な魅力だ。ホノカは肩で息をして、おれとスマートフォンを見ずにいった。

「もういいでしょうか」

「……ああ、いいけど。割とイケメンだな」

おれは困惑していた。どういう意味なのか、まるでわからない。だが快楽殺人鬼の写真でも処分するように、ホノカは見もせずにすぐ高浦健一を消してしまった。ブラックアウトした画面を安心したように見ると、ポケットにしまう。また夜風が吹いて公園の石畳の上で、波頭のようにサクラの花びらが巻きあがり崩れていく。ホノカはそっといった。

「この善良そうな人が……ある日を境に、わたしの猛烈なストーカーになりました」

リアルだろうがフィクションだろうが、物語というものは必ず悪いほうに展開するものだ。

「……そうだったのか」

おれの返事は間抜けだった。やはり池袋のキングは正しいのかもしれない。

「最初になくなったのは、わたしのゴミ袋でした。燃えるゴミの日にマンションの前に出されたゴミ袋のなかから、わたしのものだけなくなるんです」
女性なら誰でも悲鳴をあげるような経験だろう。
「下着や古くなった服などは捨てられなくなりました。手紙やメモ類も駄目です。誰かが清掃の職員さんより早く、わたしの分だけ回収している。前の晩に集積所に出されてネットがかけられていた山のなかから、わたしのゴミだけ消えているんです」
ひとり暮らしの女性にとって最低の悪夢だろう。恐怖以外のなにものでもない。

「次は誰が書いたのかわからない手紙でした。わたしのマンションの郵便受けに、切手のない手紙が届くようになりました。今日のホノカさんはかわいかった。サックスブルーのワンピースがすごく似あっていました。そんな内容です。最初のうちは異常に熱心な視聴者かと思っていました」

男でも女でもストーカーにはなる。困ったことに、その手の人間は自分が正しく、相手との関係は相思相愛だと固く信じこんでいる。おれも何人かガチのストーカーと対峙した経験があった。なにをいっても言葉が通じないモンスターみたいな誤った信念を持つ人々だ。

「しばらくすると、手紙の内容が変わってきました。今日のラスト四十五秒のニュース原稿の差し替え対応、お見事でした。とっさのリアクションやアドリブに磨きがかかってきましたね」

ニュース内容の変更など一般の人間にはわかるはずがなかった。ようやくおれにも様子がわかってきた。

「……そういうことか。ストーカーは視聴者じゃなくて、内部にいた」

ホノカは暗い顔でうなずいた。

「ええ、その頃には局のなかでも、わたしに宛先も切手もない手紙が届くようになっていました。プレゼントや花束がマンションの新聞受けや局の受付にも、毎日のように置いてあって。アナウンス部の上司が真剣に対応してくれて、その番組に関わる全てのスタッフの筆跡鑑定をしてくれました」

おれは気がすすまないクイズの答えを口にした。

「浮かんだのは高浦健一だったのか」

「はい、高浦さんでした」

おれは手を挙げて、ホノカを制止した。なにかをしなければ、このまま人間心理の暗い濁流に呑みこまれそうだ。

「ちょっと待ってくれ。高浦とホノカさんには、なにか接点があったのかな。やつがストーカーになるきっかけというかさ」

ホノカの顔が完全な空白になった。スペースキーを押し続けたような時間が過ぎる。

「それが何度考えてもわからないんです。番組の忘年会かなにかで、いつか今までにない画期的な報道番組をつくるのが夢だと高浦さんが話していて、わたしも調子をあわせて、そのときにはぜひキャスターをやらせてくださいといったことがあったんですけど、それはストーキングが始まる一年以上も前なんです」

強烈なストーカーになるような人間は、宇宙人のようなものだ。原因も謎だし、行動も謎。おまけにその因果関係も謎なのだ。

「ひどい目に遭ったんだな。それで、その高浦ってやつは、どうしてるんだ？」

　ホノカはすぐにはおれの質問にこたえなかった。

「筆跡鑑定によって九十五パーセントの確率で、ストーカーは高浦さんだという結果が出て、制作会社の上司が問い詰めると、あっさりと自分のしたことを認めました。でも、誰がなんといっても高浦さんはストーキングをやめようとはしなかった。番組からはずされ、局の出入りも禁止され、わたしへの接近禁止命令が出されても、やめなかったんです」

　ぞっとする話だが、おれにも心得があった。ストーカーは熱烈な天動説の支持者なのだ。宇宙は自分の愛を中心に回っている。相手が自分を愛するようになることが、正しい宇宙の摂理（せつり）なのだと。

「救われない話になってきたな。それじゃあ、制作会社にもいられないだろ」

「ええ、三カ月ほどして、山梨のご両親が迎えにきて、高浦さんは実家に帰っていきました」

　おれは奇妙な居心地の悪さを感じながら、慰め（なぐさ）の言葉をかけた。

「そうか、よかったじゃないか。ストーカーには物理的な距離をとるのが、一番だもんな」

　ホノカはじっとおれの顔を見ていた。人間の愚かさを眺めるような女神の視線だ。おれは公園の反対側に、タカシの姿を見つけた。紙の手提げ袋をもっている。コンビニではなく近くのコーヒーショップまで足を延ばしたのかもしれない。

「それでほんとうによかったんでしょうか。わたしには今もわかりません」

この話のどん底はまだ先なのだ。おれは覚悟を固めた。こうなったら、どこまでもホノカとともに地獄におりていくしかない。タカシは円形広場の向こう側で、ボディガードとなにか立ち話をしている。春の夜がとたんに不穏になってきた。生ぬるかった風は刺すように冷たく、地面からは冷気がのぼってくる。おれは悲鳴が出そうだった。早く結論を知りたい。だが、実際にはあまり耳にしたくない。どうせろくでもない終わりしか待っていない話なのだ。あらためて質問する。

「で、高浦はどうなったんだ？」

ベンチの隣に座っているのに、ホノカの声はどこか遠い場所から響くようだった。女子アナだけにできる特別な発声法でもあるのだろうか。ぼやけているのにくっきりときとれる霞（かすみ）みたいな声だ。
「高浦さんは実家に帰った二週間後、裏山の崖（がけ）から飛びおりて自殺しました。遺書には両親へのお詫びの言葉と、もっといい番組をつくりたかったと書かれていただけでした」

救いのない話。

「じゃあ、ホノカさんのはストーカーのトラブルじゃないんだ。気の毒だが、高浦が亡くなって一件落着じゃなかったのか」

後味はよくないかもしれないが、ストーカーが自分から幕を引き、舞台をおりたのだ。被害者としては、悪くない結末ではないだろうか。出口の見えないストーカーとの十年戦争を続けているついてないやつもいる。

絶望的な顔をして、ホノカは首を横に振った。

「わたしのほんとうの地獄はそこから始まったんです。ストーカーなんて、かわいいものでした。今でもときどき、わたしがすべてを我慢していれば、こんなことにならなかったのかなと、自分を責めるときがあります」

おれはタカシに目をやった。こちらに向けて、のんびりと歩きだしている。

「誰が何といっても、ホノカさんが自分を責める理由なんてないだろ。高浦は勝手に盛りあがってストーカーになり、勝手に死んじまったんだから。誰のせいでもなく、やつの自爆じゃないか」

ひどく嫌な空気だった。おれの正論は、ホノカにはまったく届いていない。

ホノカはうつろな目をしていった。

「高浦さんの自殺から、二カ月ほどたった時期でした。わたしのツイッターやインスタグラムに、突然嵐のような非難の書きこみが襲ってきました。わたしだけでなく、局の公式ホームページや番組のブログにもです。毎日数千件、多い日には二万件を超える非難と憎しみの言葉が届きました」

タカシはおれたちの様子を見て、タイミングを計り、戻ってきたのだろう。最悪の気分のときに、コーヒーブレイクですこしは気が楽になるように。それともこんなに救いのない話を二回もきくのが、単純に嫌だったのかもしれない。

「わたしを罵る人たちのストーリーはシンプルでした。性悪の女子アナが、田舎出の純朴で素直な青年を遊びで振り回し、別れ話でもめると一方的に男性を悪者のストーカーに仕立てて、立場の弱い制作会社から追いだした。絶望した青年は、故郷の山で自殺した。遺書には男好きな女子アナへの恨みの言葉ひとつ残さず、立派な最期だった。そういうストーリーです」

怒りか、絶望か、おれにはよくわからない理由で、ホノカは震えていた。

「それがネットの記事になりました。高浦さんの写真つきで。さすがに週刊誌や新聞の活字にはなりませんでしたけど。ネットでは裏をとるとか、きちんと関係者に取材するなんて良心的なページづくりはしていないみたいで」

ただページビューを稼げれば、どんなフェイクニュースでも大歓迎。おれたちの最先端の麗しいSNSやネットニュースの不都合な真実だ。

「だけどさ、そういうのって、心を強くもって無視すればいいんじゃないのか。根も葉もない勝手な噂話だろ」

そういってホノカの目を見たら、とんでもない失言だと、鈍いおれでも気がついた。

「心を強くもつなんて、無理です。毎日、局にもアナウンス部にも抗議の電話が何百本もかかってくるんです。社内や番組内でも、ネットの書きこみを信じる人があらわれました。わたしはひとつひとつのメッセージに、返信しようとしました。事実を知ってもらいたかったし、あまりにワンサイドな攻撃ばかりだったので。でも、すべて無駄でした。なにをいっても通じないし、こちらがどれほど誠実に対応しても、考え直すことさえしない。わたしは会社にもいけなくなり、家を出られなくなりました」

魔女狩りが始まったのだ。中世でも、現代でも、邪悪な魔法を使う魔女に情けをかける人間などいない。なにせ相手は人間の姿をした悪魔なのだ。同情をする余地も、話をきく暇も与える必要などない。

最初に使うべきは「火」だ。疑わしき者に油を注ぎ、火をかければ、苦痛のなかで罪を白状するのは間違いない。最初から悪は悪なのだ。ネットの数万人が単純な正義感に駆られ、単純にそう信じこんだ。

こうして、ホノカの大炎上が始まった。

「高浦がもっとブサイクだったらな。すくなくとも女は同情なんかしなかっただろうに」

おれの素直な感想。あいつの顔がハンサムでもなく、無邪気な人のよさを感じさせるものでもなかったら、きっと結果は違っていた。高貴な顔をした無垢なイケメンでも、徹底的に狂っていることがある。そいつは現実世界ではごく当たり前のことだが、たいていのやつらはテレビドラマより複雑な設定にはついてこられないのだ。ドラマやフェイクニュースの考えなしの単純さこそ、ほんとうの敵なんだけどね。

池袋のキングがおれたちの前に立ち、冷ややかに笑いながら紙コップを差しだした。

「マコトのは砂糖入りだ。どうだ、そろそろ地獄巡りは終わったか」

肩から力を抜いて、ホノカがいった。

「ええ、もうほとんど。あとは依頼の内容を話すだけ。数千人分のメッセージを読んで、とくに内容のひどい人を四人選びました。今後その四人に最後通告をしにいく予定です。メディアに携わる人間として、直接会ってどんな人たちなのか知っておきたいんです。わたしとしては、弁護士でも局の人間でもない中立的な立場の人に、その場に立ちあってもらいたい。それでなんでも屋さんというか、トラブルシューター的な仕事をしている人に同行してもらいたかったんです」

おれは素知らぬ顔でカフェオレをすすっているタカシに目を上げた。

「それで、池袋のキングに話がいった？」

「ええ、社長室にこちらの世界に詳しい人がいて、タカシさんを紹介してくれました。それで……」

ホノカの目がタカシからおれに移った。白銀(しろがね)の鎧(よろい)を着た騎士でも見るような目。

「Gボーイズのキングさんが東京イチ頼りになるといって、紹介してくれたのがマコトさんなんです。わたしといっしょに会いにいってもらえますか」

地獄巡りはホノカの話だけで終わるはずがなかったのだ。休職中の女子アナは、これから炎熱地獄の最底辺までおりていくという。大炎上の主たちを訪ねる旅だ。仕方なくおれはいった。

「わかった。その四人のなかにいきなり刃物を振り回すような怖いやつはいないよな」

ホノカは厳しい顔をして、なんとか笑顔をつくろうとしている。

「いないと思います。いや、そう信じているだけかもしれないけど」

おれはキングにいった。

「おまえのところの人を借りてもいいんだよな。腕っぷしの強い、悪そうなやつを何人か」

タカシは霧のように薄く笑った。とたんにウエストゲートパークの気温が急降下する。

「ああ、かまわない。費用はテレビ局とホノカさんで折半するそうだ。何人でも使ってくれ」

またタカシにはめられた。面倒で危険な地獄巡りが始まるのだ。おれは湯気の立つカフェオレをひと口飲んだ。ひどく甘い。

「おまえはいつも砂糖三本だっただろ。今夜は寒いし、依頼内容も極寒だからな。おまけして四本入れといた」

さすがに気が利く王様だった。どうせ地獄に堕ちるなら、朗らかにいこう。こちらにだって、無垢と無邪気さは必要だ。おれは意志の力を奮って、ホノカに笑ってみせた。

今もネットの業火に焼かれている女子アナは、ライダースジャケットのファスナーを首元まで締めて、寒さと恐怖に震えている。

生ぬるいのに寒い。正しいのに、恐ろしく残酷。よい目的のためなら、どんな非道も許される。おれたちの時代のほんとうの悪がいる場所に、おれとホノカはこれから向かうのだ。

武器はおれがもつ舌先三寸と天性のイノセンス。もう一刻も早く店に帰り、おれの四畳半で布団をかぶって寝たくなった。

次の朝は目が覚めたときから、うっすら頭が痛かった。
頭痛薬代わりに、バッハのピアノ曲をかける。『平均律』でも『フランス組曲』でも『パルティータ』でもなんでもいい。いつもなら、それでだいぶ気分も体調も回復するのだ。だが、その朝は重い空気を払うことは、さすがの音楽の父でもできなかった。
夜明け近くまで事件とも呼べない高浦の自殺に関する書きこみを読み続けたのである。そこではありとあらゆる方法で、ホノカの悪口が記されていた。二度とテレビに出してはいけない。この女には社会的な制裁を与えるべきだ。局との資本提携を東京都は解消するべきだ。悪女、魔女、尻軽。ホノカが身体を武器にしてMCの座を手に入れたといったステロタイプの断罪。そしてお馴染みの、消えろ、〇ね〇ね攻撃の数々。

興味深いのは、どの書き手も自分が正義の立場にあることを一ミリも疑っていないことだった。それどころか、ネット記事を鵜呑みにしているだけなのに、自分だけが真実を知っていると、固く信じこんでいるのだ。自分のような優秀な人間が人を裁く際に、間違いを犯すはずがないなんて調子でね。

わかるだろうか、ネットにはいいところもあるけれど、半分以上は腐臭を放つ生ごみ捨て場のような呪いの言葉の山なのだ。まあ、当然だよな。だって、SNSなんてものはすこし複雑で巨大なだけの鏡に過ぎない。人の心をそのまま映すだけなんだから、半分腐ってるのは、ごく自然な話。

おれはこいつを自分だけがまともで心がきれいだなんてつもりでいってるんじゃない。おれにだってイケメンの大半は知能が低いという嫉妬による偏見があるのは間違いない。だけど、いつだって自分の考えには歪みがあるはずだという心のブレーキを、どこかにもっていないと、ネットではやばいことになるのだ。

指殺人は、韓国だけの話ではない。この時代数万、数十万の呪いの言葉を吐きだす親指や人さし指には誰も抵抗できない。あんたの指にもアクセルとブレーキを踏み間違えないよう安全装置をつけておいてくれ。

ホノカはおれの今までの依頼人とはまるで違っていた。
今後のスケジュールを記した予定表をもらったのは、この女子アナが初めて。三日間隔で四人の悪質なネット攻撃者への面会の予定が立っている。おれはその場に立ちあい、ボディガードとして、中立的な立場を貫いていればいい。ホノカによると最初は弁護士同席ということで話をすすめていたのだが、それでは面会の可能性が断然低くなったのだという。それはそうだよな、おれだって弁護士つきの面会なんて、どんな理由をでっちあげてでも逃げだすもんな。
ホノカは几帳面で、二日前には面会する「ネット攻撃者」のプロフィールと主だった攻撃コメントをプリントアウトして、おれに送ってきた。まあ、大半はあの夜すでに目にしていたんだけどな。
最初の煉獄の住人は、和田泰文(63)。すべての人物に年齢をつける女性週刊誌の発明ってすごいよな。ちなみに煉獄はおれたちの暮らす現世と地獄のはざまにある中間地帯。心を呪いで満たしちまった人間のいく怖い場所だ。

春の穏やかな日差しが、深緑のお堀に落ちていた。

おれたちが席をとっているのは、皇居のお堀沿いにある高級ホテルのラウンジだった。窓辺のテーブル席には、おれとホノカ。すこし離れた席にはGボーイズから二名のガードマンとなぜかキング・タカシ。最初くらいは一応現場に顔を出しておこう。そういうつもりらしい。

おかげで、おれはシカゴの麻薬捜査官のようにシャツの下にマイクを張りつけることになった。ワイアードってやつだ。

おれたちは約束の時間の十分前には到着していたが、和田泰文がやってきたのは時刻通りだった。平日の午後二時。場所もやつの指定だ。なぜなら、和田が働く新聞社の近くにあるのが、このホテルだという。驚くべきことに、やつはマスコミの中心部で働いていたのだ。

ホテルのラウンジをウエイターに先導されてやってきたのは、きれいな銀髪をオールバックに撫でつけたなかなかのロマンスグレイだった。この男が「身体で仕事をとる尻軽女」と数十回も書きこんでいたのだ。人は見た目ではわからない。

和田は無言のまま一礼して、おれたちの正面に座った。帰りがけのウエイターにホットコーヒーと注文する。それからあたりを神経質に見まわした。ホノカの存在より同僚の目が気になるようだ。

おれは和田だけでなく、隣に座るホノカにも注意していた。このホテルに着いてから、ずっと緊張で震えていたのだ。どんなモンスターがやってくるのか、相当な恐怖だったに違いない。ネットのなかではホノカの全存在を否定してくる悪意のストレンジャーだったのである。

和田は確認を終えると、がばりと頭を下げた。テーブルに額がつきそうなくらい深々と。銀髪には点々とふけが浮いていた。あらためて、初老の男を観察する。仕立ても生地もわるくないが、二十年も昔の型のスーツ。リアルドブネズミ色。

「申し訳ありませんでした。中林さんにはいろいろと不穏当なコメントを寄せてしまい、心から反省しています。すみません」

いきなり下手にでてきた。ホノカを見てから、おれを見た。しわのあいだに埋もれるつぶらな目には恐怖の色。ネットでは王様のようだった男が、おれとホノカを怖がっている。どういうことだろうか。

「……で、こちらがコラムニストの真島誠さんでしたか……あの、虫のいいお願いですが、頼みますからわたしのことを記事にしないでもらえませんでしょうか」

おれのコラムのネタになることを、大新聞の社員が恐れている。初めての経験で、びっくりしてしまった。ホノカが静かに切りだした。

「和田さんは、どうしてあんな書きこみを、わたしのブログや局のホームページにしたんですか。到底無視できないようなひどい個人攻撃が、あわせて二十七通もありました。当方としては……これはわたし個人とMBC双方ですが……場合によっては法的な措置をすすめなければいけません。警察へも被害届を出すことになります。なぜ、あんなことを書いたんですか」

それがホノカの最重要の関心だった。まったく無関係の人間が、なぜあれほど激しい攻撃をして、一方的な断罪を行ってくるのか。コーヒーカップの皿に添えられた男の手が震えていた。怖くてたまらないのだろう。法律や警察という言葉が。また新聞社社員は深々と頭を下げる。

「本当にすみません。わたしは定年延長になってから三年目で、毎日くさくさとしていました。仕事は以前と変わらない激務なのに、給料は半分になってしまった。それに、なんといいますか、ご存知かもしれませんが、うちの新聞社はリベラル寄りなんですが、わたし個人の立場としては学生時代から保守的だったんです。お陰で社内ではこれまで四十年以上冷や飯をくわされてきました」

革新的なメディアのなかにいる保守派か。もしかしたら、いまだにトランプを支持しているような手あいかもしれない。ホノカは冷静だった。

「それがわたしの件と、どういう関係があるんですか。わたしはあなたが置かれた社内事情とはなんの関係もありませんよね」

さすがに元キャスターだった。理詰めでネット攻撃者を追いこんでいく。和田はまたも深々と頭を下げた。まだ会ってから十五分もたっていない。おれは交番ですぐに頭を下げる酔っ払いを思いだした。こいつは頭を下げ慣れている。反省した振りがうまいのだ。あるいは頭を下げるのが平気でまったく傷つかないくらい、恐ろしくプライドが高いのかもしれない。

和田に対するおれの印象はクロ。この男はこの場を切り抜けたら、また別な獲物を見つけて攻撃を再開するだろう。新聞社社員は視線を落とし、殊勝(しゅしょう)な振りをした。
「年下の上司に些細(ささい)なミスを責められて、その日は怒りが収まりませんでした。なんといいますか、上司は年下というだけでなく女性だったもので、さらに怒りが抑えられなくて……その日の夜にネットで、高浦さんの自殺の記事を読みました」
おれはつい口をはさんでしまった。

「記事はいくつくらい読んだんですか。和田さんは新聞社の社員ですよね。読んだものの裏をとろうとは考えなかったんですか」

それがマスコミで働く人間なら、当然の反応だった。マスゴミと馬鹿にするやつも多いし、確かにときに誤報もあるが、すくなくともメディアは情報を上げる際には証言や物証という裏をとり、膨大な情報のなかから確度の高いものを選んで発信している。おもしろおかしいファンシーな陰謀論とは、成り立ちが違うのだ。

「すみません、読んだネットの記事は一本だけです。正確には一本でなく半分くらい……なんといいますか、すぐ番組のホームページに飛んで、書きこみを始めてしまったので……今考えるとなんとも軽率でした」

ホノカがため息とともにいった。

「ネットの記事一本もきちんと読まずに、個人攻撃を始めたんですか」

「申し訳ありませんが、そういうことになります」

そこで和田はまたも頭を下げた。四度目。こいつが主人公では、『半沢直樹』もドラマにならないことだろう。土下座くらい平気だもんね。

「わたしは結婚が遅く、上の子はなんとかちいさな貿易会社に就職できましたが、下の子はまだお金がかかる私立大学にいます。妻も身体が強いほうでなく、病院の費用がたくさんかかります。給料が安くなったといいましたが、たとえ昔の半額でも収入を失えば、下の子は大学を辞めなければならなくなるかもしれません。わたしがしたことが明るみに出れば、将来就職で不利なことになるかもしれない。どうか、将来ある若者のことを考えて、わたしに情けをかけていただけないでしょうか」

次は泣き落としだった。和田はもう震えてはいない。得意の形にもちこめたと思っているのだろう。子どもの話には誰もが弱い。おれは吐き気を抑えて、平然としていた。ホノカがいった。

「お子さんの教育状況と、あなたが犯した罪とどういう関係があるんですか。わたしは今、ネットでの心ない攻撃にさらされて、長期休職に追いこまれています」

泣き落としが効かない相手だと気づいたのだろう。和田の目の色が変わった。小狡(こずる)いキツネ色。

「あの、経済的な問題でしたら、いくらかご用立てできるんですが……こちらでも調べてみたのですが、ネットでの中傷への補償金はせいぜい数十万円ですよね。個人の場合、多くても五十万円程度だといいます。それくらいでしたら、わたしのほうでもなんとかなりますので、この場はなんとか……」

おれにも和田の筋書きが見えてきた。最初から頭を下げてきたのは、示談金で収めるつもりだったのだろう。数十万は痛いが、これが刑事事件になれば、新聞社での立場が危うい。新聞社の退職金は手厚いから四十年もいたのなら、二番目の子どもの学費くらい心配はないだろう。この男が関心をもっているのは、定年延長を無事に勤めあげ、さらに再就職ができるかどうかだった。いつだって自分の立場と利益だけ。

和田が五度目の平謝りをした。気の毒だと思わせるのが目的なので、おれは一切気にしないことにする。ホノカがそこで驚くべき行動に出た。和田ことハンドルネーム「一言居士老人」のコメントをプリントアウトしたコピー用紙を、男の前に滑らせたのだ。

「それをわたしの前で、読んでみていただけませんか」

和田は紙面に目を落とし、顔色を変えた。

「これを読むんですか」

夕方の番組のMCをしていたときより、頬が削げ落ちたホノカが厳しい顔でうなずいた。

「読めないというなら、法的手段を考えます」

かぶせ気味に和田が手を挙げて制止した。

「わかりました。読みます、読みますから最終手段だけはなんとか……」

ホノカの声は冷静だった。次は明日の天気予報ですなんて、調子。

「いいから、読んでください。お願いします」

新聞社社員は目を白黒させてから、低い声で読み始めた。

「ＭＢＣは悪質な尻軽女子アナ中林穂乃果を、即座に解雇するべきだ。女の武器を使い『サニーイブニング』のメイン司会者になっただけでなく、下請けの善良なＡＤ高浦健一氏を弄んだうえ、手ひどく裏切り自殺に追いこんだ……」

そこまで読むと、和田はちらりと視線をあげて、ホノカの表情をうかがった。休職中の女子アナはこれからアタックする絶壁でも眺めるような顔をしている。冷静沈着に攻略ルートを探しているのだ。和田は咳ばらいをして朗読を続けた。

「……こんな女が読むニュースなど、ひと欠片の信頼性もない。二度とテレビに出られなくなるよう、悪辣な女子アナに社会的な制裁を加えなければならない。同志で署名を集め、ＭＢＣに抗議しよう。使い捨ての下請け企業社員の弔い合戦だ。中林穂乃果を社会的に抹殺するその日まで、断固戦い抜こう……以上になりますが……」

上目づかいで、初老の男がコピー紙をテーブルに戻した。おれは視線をガラスの向こうのお堀に移した。息が詰まりそうだった。あらためて、書いた本人の声で中傷コメントをきくのは、ネットで走り読みするのと訳が違う。悪意が剝きだしだった。思いだして、ひとつ離れたテーブルに目をやった。タカシと目があった。やつはただガラス玉のような目で見つめ返してくるだけ。ホノカがいう。

「実際に相手がいる前で、ご自分で書かれたコメントを読みあげて、どんな印象をもちましたか」

和田は断崖に追い詰められていた。

「なんといいますか、たいへんに申し訳ないことをしてしまった。そう反省しています」

「あなたにお嬢さんはいますか」

ほっとした顔になる。

「ええ、上の子は女の子です」

「この文章が長女に送りつけられたら、あなたはどんな気分ですか」

ぐっと答えに詰まった。父親は口を開いた。潰れそうなかすれ声。

「……きっと許せないと怒っただろうと思います。上の子のことが心配でたまらなくなったでしょう」

ホノカの横顔がすこしだけ柔らかになった。口元に笑みはまったく浮かんでいないけれど。

「文章の始めに『尻軽女子アナ』という言葉がありますが、わたしが尻軽であるという証拠や情報はどこで得たんですか」

ホノカは自分自身の裁判を自分で裁く法官のようだった。深く傷ついているが、あくまで公平でなければいけない。そして、できることなら被告から深い反省と内省を引きだしたい。横からはそんなふうに見える。恐ろしくガッツがある女。

「……いえ、そのあたりは情報などとくにありませんでした。半分だけ読んだネット記事から、わたしが自分で勝手に創作したんだと思います。世にあふれている女性アナウンサーのイメージから、つくりだしたといいますか。先ほどいいました女性上司への怒りが、中林さんのほうへ転移してしまったのかもしれません」

さすがに新聞社社員だけあって、言葉の使いかたはなかなか正確だった。ネット記事の欠片に自分の偏見をつけ足して、人を攻撃したのだ。それを読む人間は心などない怪物だと決めこんで。おれたちの正義や公平さ、報復感情のなんと底の浅いことか。気がつけば三十分以上がたっていた。いいよどんだり、迷って黙りこんだりという時間は、おれの話ではすべて編集してあるからな。

和田は腕時計(スイス製のラドー)をちらりと見て、さらに頭を下げた。

「そろそろいかなければいけません。中林さんがお望みなら、何度でもお会いして、謝罪させていただくつもりです。最後に大学生の息子と病弱な妻に免じて、なんとか刑事事件にすることだけは止めていただけないでしょうか」

最後にダメ押しでもう一度頭を下げる。誠心誠意を絵に描いた流れ。だが、おれは頭を上げた和田がホテルのラウンジをちらりと探るように見たのを見逃さなかった。自分の会社関係の人間はここにはいない。いくら頭を下げても、今なら平気だ。誰にも見られていない。一瞬だが安堵の表情が顔に出ていた。

「わかりました。ただし、あなたがネットで行ったわたしと局に対する名誉毀損と、あなたのお子さんや配偶者の問題はまったく別なことなので、そこで情状酌量をするつもりはありません。後日、弁護士のほうから内容証明郵便で、お返事をさせていただきます」

和田は絶望的な顔をした。こんな小娘にこれだけ平身低頭したのに、結果はこれか。損をしたという表情になっている。

「……そんな、お願いですから」

ホノカはまったく表情を変えなかった。

「わたしがお願いしたとき、和田さんはききいれてくださいましたか」

なんだろう。おれは驚いて、ホノカに目をやった。

「わたしはあなたの中傷コメントの五通目と十二通目に、ダイレクトメールでお返事を出していますよね。高浦さんとは交際の事実はないこと、ストーカー問題で裁判所から接近禁止命令も出されていたこと、炎上に傷ついて鬱状態になり長期休職を余儀なくさ

れていること。すべて説明して、これ以上の中傷を止めてもらいたい。そうメールをお送りしたはずです」

おれがきいていない事実だった。そんな経緯があったのか。数千数万の悪質な書き手のなかから、和田がとくに選ばれたのには、きちんと意味があったのだ。

「……それは、その……当時は定年後の生活に慣れることができずに、毎日苦しくてたまらなかったので……つい、その」

「あなたは一年半前に書いています。いい訳など信じない。休職はいい気味だ。そのままMBCを辞めてくれたら、もっと望ましい。短い返事でしたが、そう書いて送りつけていますよね。これも裁判のときには証拠として提出することになると思います」

そうか、ホノカは最後まで徹底的に闘うつもりなのか。おれはただ横に座ってきいているだけだが、それでも無理はないと思った。和田がネットでしたことは、とても無視できるようなものではなかった。おれ自身ならだいじょうぶだろうが、誰かおれの大切な人がそんな目に遭ったら、絶対に許すことはできないだろう。

「そんな……わたしは心の底から反省しています……家族だっているんです……法的措置だけはなんとか勘弁してください……新聞社の人間がネット炎上で訴えられたら、もうわたしの居場所がなくなります……お願いですから、そのなんとか……」

ホノカはそこで和田の言葉を断ち切った。ドラマのクライマックスでいきなり入るC

Mのように容赦なく。

「後日、弁護士のほうから郵便が届きます。その文面に沿って動くことになります。今日はわざわざお時間をおつくりいただきありがとうございました」

番組終わりのようにホノカは、ショートヘアの頭を下げた。タイムアップだ。次のプログラムに移らなければならない。

「お願いですから、刑事事件にだけはしないでください。何度でも謝りますから、お願いします」

和田はまたテーブルにつくくらい頭を下げた。顔をあげようとしたら、ホノカがまだ頭を下げているので、あわてて下げ直した。コメディ映画みたいだが、目の前にするとすこしも笑えなかった。この男の人生がホテルのラウンジの三十分に詰めこまれているようだった。勝手な陰謀論で職場や家族に迷惑をかけているのに、優秀な自分は損ばかりして冷や飯をくい、社会からないがしろにされてきた。つねに被害者で、つねに正義の側にいるつもりの小心な男。皮肉でも哀れみでもない。おれやあんたみたいな男なのだ。

おれは見ていられなくなって助け舟を出した。

「和田さん、もういったほうがいい。話は終わったんだ」

新聞社社員はテーブルに置いたおれの手を必死につかんだ。男同士ならいいと思ったのだろうか。おれはなんとか振りほどかないように努力した。

「真島くんだったか、きみも男ならわかるだろう。わたしには子どもも妻もいるんだ。わたしのことは絶対に書かないでくれよ。後生（ごしょう）だから」

「おれには子どもも妻もいませんよ。同情を引こうとするのはやめてください」

和田は打ちのめされたように肩を落とし、席を立った。小銭をつかって正確にコーヒー代を置いていった。この男はこんなときでも伝票を残していくんだな。それが最後のやつの印象だ。

ネットに潜んだモンスターとの最初の面会はこうして終了した。圧倒的な力を有していたり、片手でビルを吹き飛ばしたり、口から熱線を吐くような凶暴さは欠片もなかった。おれは黙りこんだホノカに声をかけた。
「ふう、なんだか想像していたのとぜんぜん違ったよ。もっといかれたやつだと思っていた」
おれが考えていたのは、絶対に自分の正しさを信じて疑わない狂信者だった。あの男がその手の怪物なら、いくらかは心が休まったことだろう。だが、おれが見たのはごく普通の定年延長の会社員だった。ホノカから返事はなかった。おれは続けていった。

「ホノカさんは最後まで法的手段に訴えるつもりなんだな。おれも刑事裁判にもちこんだほうがいいと思うよ」

スーツ姿のホノカは顔をそむけて、お堀のほうを向いている。どうかしたのだろうか。肩が細かに震えている。泣いているのか、この女。ついさっきまでは情け容赦なく和田を追いこんでいたのに。

ホノカは正面を向いた。化粧の薄い頬には涙の跡。そのまま静かに息を整えていた。ふたつ離れたテーブルから、タカシがひとりでやってくる。さっきまで和田が座っていた席に腰をおろした。キングは絶対零度の声でいう。

「すべてきかせてもらった。おれたちの世界にはどうしようもなく想像力の欠けた人間がいるものだな。自分の投げた言葉を目にする人間に対する共感が最初からゼロだ」

それからキングはおれと同じことをいった。

「和田への刑事告訴の手続きは、いつ始めるんだ」

ホノカの頬では涙の跡がすっかり乾いていた。意志の強そうな視線は正面を向いている。キングもおれも見ていなかった。休職中の女子アナは驚くべきことをいった。

「たぶん、わたしは刑事事件にはしないと思います」

おれはつい口走った。

「あのオッサンは口先だけだ。心から反省なんか、ぜんぜんしてないぞ。それでもいいのか」

タカシがおれを見て、すこし首を横に振り、今は黙れという顔をした。おれは単純だし、王の配下でもないので無視していった。

「だいたいなんだよ。私立大学に通う子どもだの、病弱な妻なんて。あんなに哀れな泣き言ばかり並べてさ。むかついて見ていられなかった」

ホノカは涙目でおれを見て、その日初めてうっすらと笑った。

「そうだよね、マコトくん。みじめったらしくて、かわいそうな人だったよね。でも、あの人、わたしのお父さんと同じ年だったんだ。そんな人に、あんなに頭を下げられたらね。刑事裁判なんて、そうそうは起こせないよ」

キングは氷の笑みを浮かべ、裁定者のようにホノカにいう。

「それがあんたの出した結論なのか」

がりがりに痩せたホノカはうなずいていった。

「うん。何度も死のうと思ったし、あれほど苦しめられたのに、わたしって甘くて、馬鹿みたいだよね。でも、それでいい。これからも絶対に許すことはないけど、あの人のみじめな人生をもっとみじめにしたいとは思わない。これじゃあ、ネットの炎上はとまらないのかな。ほんとうにそれで……正しいのかな」

いい加減なネット記事を半分読んで、怒りをホノカにぶつけた新聞社社員が振るったのも正義で、その男をさらに不幸にしないと決めたホノカがよって立つのも正義だった。おれたちの世界には、浅かったり深かったり正義のレベルがいくらでもある。そいつは法律だけでなく、社会や道徳や、人としての心の気高さといったあらゆる局面でいえることだ。

正義の薄っぺらさやいい加減さに飽きあきしていたおれの心を、迷いながらも揺るぎない正しさを選んだホノカの力がえぐるように刺した。ホノカはもう泣きやんでいる。キングは氷結のアルカイックスマイルに身を隠していた。おれだけが、ひとり遅れて涙ぐんでいた。ほんとうの道化で、間抜けみたいだ。タカシは片方の眉を上げて、からかうようにいった。

「おれにもGボーイズにも、刑事告訴するかどうかは、どちらでもいいことだ。あんたが好きなようにしたらいい」

いつもなら、おれのいう台詞をキングが吐いている。いい男が人前で涙を見せるもんじゃないよな。おれは泣きそうになっていた心の態勢をなんとか立て直していった。

「じゃあ、弁護士からの手紙は、うんと遅くしてやるといい。その間、和田の心は休まることがないだろ。それに示談金もうんと吊りあげたほうがいいぞ。あのオッサン、いい腕時計してたし、案外金もってるはずだから」

キングはまんざらでもないという顔をして、おれを見た。ホノカはぽつりといった。

「怪物なんて、いなかったんだね」

ホノカの背後で皇居の新緑と深緑のお堀がきれいな春のグラデーションを描いていた。

「わたしね、ネットでむちゃくちゃに人を攻撃するような人は、どんな人だろうってずっと考えていた。鬼のような顔をして、死ね、消えろって、人を攻撃するような人は、みんな怪物なんだって思っていた」

ネットの広大な闇に潜む現代のモンスター。その数は無限大で、姿も形も見えない。

「でも、怪物ではなくて、会ってみたら普通の人だった。それがわかっただけで、今日はほんとうによかった。もう顔がない怪物をひたすら怖がることはないから」

おれたちの時代の悪意やモンスターはきっとひどく薄っぺらな正義感やステロタイプなイメージのなかに隠れているのだろう。スマートフォンのディスプレイのように厚さのない浅いモンスターだ。おれはいった。

「弁護士からもらったリストだと、あと三人いるよな。ホノカは最後まで、こいつを続けるつもりなのか」

地獄にも届かない地下中二階の煉獄巡りだった。ホノカは静かにいった。

「うん。最後まで、どんな人がああいうことをしたのか、確かめたい。もう途中でやめるなんてできないよ。わたしも死にそうな目に遭ったし、局へも報告しないといけないしね。四日後にまたつきあってください。今日はマコトくんとキングさんがきてくれて、ほんとうに心強かった。どうもありがとう」

ガリガリに痩せて、頭は尼さん並みに短いとはいえ、こんな美人の才媛からそんなことをいわれたら、おれもタカシも内心ひどくうれしかった。

「だけど、タカシは次はこないんだろ。現場にくるなんて、めずらしいんだからさ」

池袋の氷の王さまは美人の前でもすこしもあわてなかった。

「次はスケジュールによる。後で秘書に確認させる」

タカシの氷の顔を見て、嘘をついているのがわかった。きっとこいつは最後の四人目まで、つきあうつもりなのだ。この女がタイプなのかもしれない。ホノカが涙の跡が残る顔を崩して華やかに笑った。

「いっしょなら、うれしいな。なんだか、すごく肩が凝っちゃった」

休職中の女子アナが両手をあげて、座ったまま背伸びをした。おれはここのラウンジの名物をネットで調べてあった。春のスイーツはイチゴ尽くしで、ケーキやクレープやパフェがある。おれは手を挙げてウエイターを呼びながらいった。

「なあ、あのオッサンの示談金で甘いものでもくわないか。ここのホテルのスイーツは評判らしいぞ」

タカシは冷ややかにうなずき、ホノカはちいさく手を打って賛成といった。外は春の日差しで、皇居の緑はきれいだ。

だが、そのときおれたちは気づいていなかった。ネットには二次元の薄っぺらなモンスターだけでなく、リアルに腐った息を吐き、悪意と暴力をまき散らすリアルモンスターがいるということに。おれとタカシは、ホノカを守るため、この皇居周辺を駆け回ることになる。

いつだって敵を甘く見てはいけない。この世界は想定外のカタマリなのだ。

もっともホノカといっしょにオレンジの代わりにイチゴをつかったクレープシュゼットをたいらげているおれには、そんな気の利いた忠告はひと欠片も届かなかった。

なにせ、春の煉獄巡りはまだ始まったばかりだったのだ。

四日後は春のしつこい雨だった。

おれたちが足を運んだのは、新宿から京王線で三十分ばかりかかる京王多摩センター駅前にあるファミレスだ。駅の周辺がどんなふうか、いったことのないやつにはイメージしにくいかもしれない。この駅近辺で有名なのはサンリオピューロランド。着ぐるみのキャラクターが全力のジェスチャーで迎えてくれる、女の子とその母親が大好きなファンシーな遊園地である。駅前には広々としたスペースがあり、石畳がぬるい雨に打たれていた。池袋の駅前と正反対のニートでおしゃれな郊外のベッドタウンだ。タカシは都合がつかず今回は欠席。

「なかなかこないな」

おれたちは窓際のボックス席に座り、約束の午後二時を十五分過ぎてもやってこない次の「怪物」を待っていた。やつの書きこみをプリントアウトしたコピー用紙に目を落とす。

「こいつもひどいもんだな、ハンドルネームは『カオルちゃんママ』か」

隣のホノカは会社訪問にでもいくような黒い細身のスーツ姿だった。シャツの胸元はボタンふたつ開け。右手で腹を押さえているのは、胃が痛むのか。

「ひどい書きこみをしてきた女性もたくさんいたけど、その人が一番しつこかったから」

おれは手元の数字に目をやった。カオルちゃんママが書き散らしたホノカへの個人攻撃は全部で百九十六通。一番激しいときには一カ月間毎日三通ずつ書いていた。その分短いものが多かったけれど。

おれはふたつ離れたボックス席にいるGボーイズを確認した。今回は相手が女なので、男ふたりと女ひとりの三人組だった。パーカーやトレーナーを着たワイルドそうなガキがケーキセットをたべている。

ホノカが刺すように漏らした。鋭くて、いい声。

「……きた」

おれはファミレスのガラス扉に目をやった。そこにいたのは、灰色のスエットを着た小山のように太った女。髪はパーマが伸び切って、枯草(かれくさ)の山みたい。茶髪の根本だけ黒い地毛になっていて、頭頂は夜の噴火口のようだ。

あれが、カオルちゃんママか。不愛想でなにかに怒っているような表情で、ウエイトレスにひと言。この女の場合、これが基本になる表情なのかもしれない。女は冬眠明けのクマのように、のろのろとおれたちの席にやってきた。歩くのも、この場にいるのも、おまけに生きていることさえ、ひどくしんどそう。

おれたちのボックス席にやってくると、顎を突きだした。会釈したのかもしれない。

「遅くなって、すみません。途中まできたんですけど、クスリをのみ忘れたのに気がついて、一度部屋に戻って……」

語尾は中途半端なまま消えてしまった。ホノカがいった。

「座ってください」

ずるずるとスライムみたいに、ボックス席のソファの中央に腰をずらしていく。ホノカは女の前に、百九十六通分のプリントアウトを滑らせた。

「大串一花さんですね。あなたがこの文章を書いた『カオルちゃんママ』で、間違いありませんか」

ピンを抜いた手榴弾でも見るように、じっとコピー用紙の束を見ている。おかしな間が空いた。半分酔っ払っているようなスローな雰囲気。

「……はい。わたしが大串です。カオルはわたしの娘です。今、保育園にいっています」

目の焦点があっていなかった。魂が抜けたような顔をしている。おれはこの女のプロフィールを読んだ。大串一花（38歳）、離婚して娘・加保留とふたり暮らし。鬱病で精神科のクリニックに通院中。薬というのは抗鬱剤なのかもしれない。降圧剤でも、コレステロールを下げる薬でもおかしくないが。

「二年前の五月に、最初に書きこみをしていますね。その頃、大串さんはわたしに関するどの記事を読んだんですか」

おれたちが向きあうテーブルの上には、濃霧が発生しているようだった。言葉も視線もまるで届かないみたい。三小節くらい遅れて、イチカがいった。

「覚えてないです……わたしが見たのは、ネットの見出しと、高浦さんと中林さんの顔写真だけ」

その写真なら、おれも見ていた。爽やかで、イノセントな美男美女。ホノカは驚いたようだった。

「じゃあ、ほとんどプロフィール写真だけ見て、大串さんはこんなにたくさんの書きこみをしたんですか」

また三小節分の休止。

「すみません。あの頃、うまくいっている人が誰でも憎らしかったんです。離婚したばかりだったし、カオルを抱えて生活していくだけでぎりぎりでした。まだクリニックには通っていませんでしたけれど、鬱病を発症していたのかもしれません」

おれはホノカの顔写真を思いだした。テレビ局で撮られた百パーセントの笑顔の宣材写真だ。そこに目の前に座る体重百二十キロほどありそうなシングルマザーを重ねてみる。世界はこの母親に決して優しくはなかったのだろう。まったく救われない話。

ホノカはちいさくため息をついた。

「カオルさんはお元気ですか」

娘のことを急にきかれて、イチカは驚いていた。

「……ええ、元気ですけど。最近はわたしの身体がしんどくて家事もできないので、いろいろと手伝ってくれます。食器を並べたり、お箸を出したり、洗濯ものをたたんだり」

心の病を抱えた母親とふたりきりで暮らすのだ。娘にもいろいろと重圧があることだろう。イチカは、おれとホノカの間の誰もいない空間に濁った視線を据えていった。

「わたしの人生はもう終わったようなものです。裁判でも、刑事事件にでも、なんでもしてもらってかまいません。ここにある書きこみを、昨日の夜全部読み直してみました」

喉が渇くのか、コップの水を一気にのみほした。こつんとグラスの底がテーブルを打つ音が昼下がりのファミレスに響く。離れたテーブルで、Gボーイズのひとりがびくりと動いた。感情の抜け落ちた声で、イチカは淡々と続ける。

「キラキラした世界の第一線で働く女性が憎らしかった。自分にばかり不運が巡ってくるこの世界の運命が憎らしかった。それに離婚のショックと鬱病が重なって、完全におかしくなっていたのかもしれないです。もう生きていてもいいことなんて、ひとつもありませんから」

呪いと憎しみのコメントをネットに書きこむ人間に、普通に幸福なやつはいないのだろうか。新聞社の男とこのシングルマザー、どちらも入れ替わりたいと願うような人間ではなかった。

「だけど、こんなわたしでも、ひとつだけ手放せないことがあるんです」

うなずいて、ホノカはいう。

「カオルさんですね」

胸を突かれたようにはっと表情を変えて、イチカがいった。

「はい、あの子だけはなんとかして、幸せに育ててあげたいんです。今回のことが裁判になって、わたしが有罪になれば、夫はわたしからカオルを奪おうとすると思う。以前から鬱病のことで児童相談所に問いあわせをしたりして、カオルをなんとか手元に置こうとしているんです」

化粧っ気のない脂肪に埋もれた目から、涙が落ちた。ニートな郊外の駅前のおしゃれなファミレスで、鬱病の巨大な女の涙を見せられる。これが現代のトラブルシューティングの本質なのかもしれない。

「カオルを奪われたら、もうわたしは生きていけません。裁判でも、有罪でもなんでもいいですから、あの子だけはもってかないでください。お願いします。お願いします」

その場でどろどろに崩れるんじゃないかというほど、大量の涙を流す。イチカは卓上の紙ナプキンで洟(はな)をかんで、涙を拭いた。ホノカは静かにいう。

「なぜ、大串さんは書きこみを消さなかったんですか」

「……えっ」

「わたしと局に嫌がらせの書きこみをしていた人の多くが、こちらが法的手段をとるとわかると、自分のメッセージを消したり、アカウントを削除したりしています。大串さんは、そうしなかった。なぜですか」

そうか、面白半分で大炎上に加担していたやつらのほとんどは、危なくなるとすぐにネットのジャングルに身を隠したのか。いつでも逃げられるから、いくらでも呪いを吐き散らせるという訳だ。イチカはのろのろという。

「……書きこみを消しても言葉は残るし、アカウントも追跡できるときいたことがあるし……あと、わたしは自分を罰したかったのかもしれないです。こんなに悪い母親なんだから、罰が当たるのも当然だって」

今日は朝から雨です。お天気の話でもするように、イチカはさらりといった。

「わたしは最低の人間です」

おれは切なくて、たまらなくなった。このシングルマザーと、この母に育てられる子どもが、気の毒でたまらない。うちのおふくろには、おやじが残してくれた駅前の店があった。イチカはどこかでパートタイマーとして働いているのだろうか。

おれはきかなくてもいいことをきいた。

「別れたダンナって、ちゃんと養育費を払ってくれてるのか」

「はい、月に一万五千円ずつ」

そんな額なのか。いくらデフレ・ニッポンでも、それっぽっちじゃ、とても子どもを育てるには足りないだろう。おれは隣のホノカと目を見あわせた。この女に必要なのは、治療と休養であって、裁判ではないように思えた。だが、その先のことを決めるのは、おれではなくホノカだ。がりがりに痩せて、イチカの三分の一ほどしか体重がない女子アナが、異様に優しい声でいう。

「あの炎上騒動が一番ひどいとき、わたしも精神科のクリニックに通っていました。鬱病の薬ももらいました。今、大串さんはお身体つらくないですか」

イチカの目にちいさな灯がともる。被害者が加害者にかける言葉とは思えなかった。

「身体はだいじょうぶです。っていうか、いつもよくないので、ほんとはよくわかりません」

「そうですか。裁判の件は、追って弁護士のほうから内容証明つきの郵便でお知らせしますので、今日のところは自宅にお帰りになって、身体を休めてください。わたしも薬をのんで、無理して会社にいき、一日書類仕事をしただけなのに、それから三日間倒れたことがあります」

「えっ、もういいんですか。だってまだ、わたしはちゃんと謝ってもいないし……」

「いえ、十分ご事情はわかりました。お帰りになってくださって、けっこうです」

神様にでも祈るように両手をテーブルで組んで、イチカは繰り返した。

「ありがとうございます。ありがとうございます」

おれはそっとホノカの横顔を盗み見た。こいつはほんとうに強い女だ。いや、男とか女とかでなく、ほんとうの強さをもっている数すくない人間のひとりというべきか。

「今度、カオルの写真を入れて、局にお礼の手紙を送ります。ほんとうにありがとうございました」

イチカはおおきな尻を横にずらして、ボックス席から出ていった。雨の外に薄汚れたビニール傘をさして出ていく。見送るおれたちに気づくと、腰を折っててていねいに頭を下げた。おれはまだ四歳だというカオルのことを考え、胸がふさがりそうな気分になっていた。

たとえ裁判が行われなくても、母と子の未来には厳しい難問が待っていることだろう。

それがおれたちの世界の習いなのだ。

京王多摩センター駅の改札に向かって、おれたちはぶらぶらと歩いていた。ホノカも

おれも口数はすくなかった。雨はぬるく、弱く、その代わりいつまでもしつこく降り続いている。この世界の不幸や悲しみみたいに。

「あのシングルマザー、裁判にはしないんだよな」

ホノカは正面を向いたままいう。

「そういうことになるのかもしれません」

「あんたは絶対裁判なんてしないだろ。人がよすぎるんだ」

休職中の女子アナはくすりと笑った。

「わたしってバカみたいですね。大串さんと同じくらい、自分だってつらくて死にたかったはずなのに、そんなことけろりと忘れて、立派な人の振りをして、許してしまう。ええカッコしいなんです」

おれの傘から、春の雨粒が石畳に落ちた。視界がすこしだけ明るくなる。

「そうなのかなあ。おれは最後まで強い振りができる人間が、一番強い人間だって思うよ。ホノカさんはあのふたりより断然強かった。誇りに思ってもいいんじゃないかな」

ホノカがテレビカメラでも見据えるように、おれを強い視線でにらんだ。

「自宅療養しているとき、毎晩眠りに就く前、わたしがなにをしていたのか、マコトさんはわかりますか」

ホノカのナイトルーチンなんて、おれには想像もつかなかった。おれみたいにショスタコーヴィチの弦楽四重奏十五曲を順番にきくはずもないしな。

「毎晩、わたしは憎しみの塊でした。顔の見えない誰かを、包丁で刺して、油をかけて火をつけて、二度と息ができないように水に浸けて、重い鉄の棒で頭が割れるまで叩きつける。わたしにひどいことを書いた人たちを、殺して、殺して、殺しまくって。疲れるまで憎い敵を殺しまくってからじゃないと、眠れなかった。毎晩、毎晩、そんな調子」

おれは息をのんで、私鉄の駅前の風景をただ見ていた。東の空で雨雲が切れて、風にあおられるレースのカーテンみたいな日ざしがこぼれている。

「でも、ホノカさんは、さっきのシングルマザーを殺さなかった」

にこりと削げた頬で笑って、女子アナがいった。

「はい、なんとかぎりぎりで我慢しました」

「それだけじゃなく、あの母親を許してやった」

ワーッと短く叫んで、今度はホノカが爆発的に泣きだした。しゃくりあげながらいう。

「……わたしはあの人を、ほんとに許したんですか」

おれは周囲を見渡した。遅い午後の改札は、それほどの混雑ではなかった。

「おれはそう思ったよ。あんたは自分が一番つらいときに、誰かを許してやれるほど強くておおきな人間だ。ホノカさんは弱虫でも、意気地なしでもない。あんた自身の代わりにおれが百点をつけてやるさ」

「きっとひどいな、わたしの顔。マコトくん、ちょっとだけでいいから、肩を貸して」

それから、永遠に思えるほど長い百八十秒、ホノカはおれの右肩に額をつけて、静かに泣いていた。開いたビニール傘はひとつだけ。おれは背中に手を回してやりたかったけれど、そこそこ顔が知られた女子アナのことを考え、そっと肩に手を置いただけで立ち尽くしていた。

それが雨の京王多摩センター駅の改札前で、この春起きたおれのちいさな事件だ。あとで何度も後悔した。しっかりとあのとき、抱き締めておけばよかったなと。そんなチャンスは、池袋の果物屋の店番には、二度と訪れることはないんだから。

「きいたぞ、マコト」
その夜、店番をしているとキングから電話があった。しつこい雨はまだ降っている。やつの声はいつもとは違って氷の融点を超えるほどの熱さ。おれはそろそろシーズンが終わる青森産の王林を積んでいた。
「なにがだよ」
「京王多摩センターの駅前で、あの女子アナと抱きあって泣いたんだろ。映画みたいにいい場面だな。おれも足を延ばせばよかった」

冗談じゃない。おれはただ肩を貸しただけ。だが、キングに真実を知られるのは、いつだって癪なものだ。

「ああ、ホノカが感極まっちまってさ。しかたないから、落ち着くまで抱いてやったんだ。女子アナなんていっても、そういうところは普通の女と変わらないのな」

「抜かしてろ。次は、どんなやつだ」

おれの頭には、ホノカが呼びだす四人の名前とプロフィールはすべて入っていた。王林をピラミッドのように積んでいう。

「後は男がふたり。佐久間蓮という四十代のIT関係のエンジニア、それに北沼東治、三十二歳。こいつの仕事はよくわからない」

「よくある無職かもしれないな」

テレビでニュースを見ていると、つまらない犯罪を起こす人間の多くが、その肩書だった。おれが事件になったら、果物屋店員ということになるのだろうか。ほとんど無職みたいなものだけど。

「今回はGボーイズの出番はなさそうだな。ネットででたらめにひどいことを書いてるやつらは、みんな案外普通だったよ。モンスターはいないんだ」

モンスターは想像のなかにだけいる。タカシは思わせぶりにいった。

「そうかな。その普通のやつが、モンスターだったりはしないのか」

おれは笑って、キングを安心させてやる。

「定年延長の仕事を失うのを怖がってる還暦過ぎのオッサンと、鬱病の薬をのんでる不幸なシングルマザーだぞ。暴力的になりようがないだろ」

キングの声がいつもの極低温に戻った。

「まあ、いい。引き続きGボーイズはおまえたちをガードする」

「そうしなきゃ、請求書が半額になるもんな」

ふふふと低くキングが笑った。

「そういう点も大切だ。ただ、おれはなにか嫌な勘が働いてるんだ。そうすんなり終わるのかってな。あの女子アナはもっと悪い運を引き寄せるんじゃないか。まだ最悪の底は見えていないのかもしれない」

ストーカーになった男が自殺した。お陰で、ネットでは大炎上。自分も鬱病になり、休職を余儀なくされる。普通の人間ならそれだけでも十分に濃い運命のはずだった。だが、池袋の裏世界を泳ぎ渡ってきたタカシの勘を軽く見ることはできなかった。おれも何度か危機を救われている。

「わかった。ここから、ちょっと気を引き締めてかかる」

「ああ、頼む。ちゃんとおれに報告を入れろよ」

池袋のギャングたちの間でも、どこかの会社の営業部のようにホウレンソウが欠かせないのだ。面倒な世のなか。

「ああ、次はまたタカシも顔を出せよ。いい勉強になるぞ」

「なんの勉強だよ」

おれは返事をせずに通話を切った。たまには失礼なことをしてやるのも、王の道化の仕事だ。現代というドラマを彩るパーソナリティを学ぶのに、ネットに巣くう炎上主ほどいい取材先はない。おれはそういいたかったけれど、池袋のキングはその手の問題に、あまり関心がないのかもしれない。

翌日はホノカから電話。雨は上がり、気温は春らしく上昇している。半袖Tシャツ一枚でもいいくらい。おれは店開きを控え、二階の四畳半で準備中。朝の音楽はハイドンのコーンフレークみたいに軽いシンフォニーだ。

「佐久間さんから連絡がありました」

三日後にあうはずのエンジニアだった。ホノカの声はどこか残念そうだ。

「へえ、予定でも変わるのか」

「正確には佐久間さんが依頼した弁護士から、連絡がありました」

ちょっと面倒な話になりそうだった。おれは小学生の頃から使ってる学習机に腰かけた。

「で、弁護士はなんだって」

「弁護士から、佐久間さんの謝罪の言葉をききました。本人は十分に反省しているけれど、直接わたしと会うのは避けたいということでした。もう弁護士同士の話しあい以外、道はなくなりました」

おれはため息をひとつ。

「そうかあ。金があるやつは、いろいろな逃げ道を知ってるんだな」

新聞社社員にも、シングルマザーにも経済的な余裕は、それほどなさそうだった。佐久間はＩＴエンジニアとして、けっこうな収入があるのかもしれない。

「佐久間さん本人が、どういう人か。なにを考えて、わたしに人格攻撃をしたのか、もうお話をきくことはできなくなった。法的にやむを得ないとはいえ、心残りです」

そうか、おれはようやくホノカの目的が見えてきた。『鬼滅の刃』ではないが、ホノカも鬼を狩っていたのだ。ネットの放火鬼たちにひとりずつ会うことで、心のなかで描いていた人を喰らう「鬼」ではなく、相手はただの人だと確認していく。それが心の鬼を殺す手段だったのだろう。

「残念だったな。おれもだんだん、いろんな人間に会うのが、怖いけど楽しみになってきたところだったけど」

女子アナの声がすこし明るくなった。

「わたしもマコトくんと同じ。昨日、久しぶりにちゃんと晩ごはんを一人前たべられたんだ。多摩センターで泣いて、すっきりしたのかもしれない。ずっと半分もたべられなかったから」

「そいつはよかったな。あと十キロくらい太っても、ホノカさんならぜんぜん魅力的だと思うよ」

ふふっと笑って、女子アナがいう。

「それは絶対ダメ。増やしていいのは六キロまで。そうでないとカメラの前に出られないよ。タレントさんとかみんなすごく細いから」

おれはその手のスタイルがいいタレントや女優は苦手だった。男も女も標準体重より、すこし重いくらいのほうが断然いい。

「ホノカさん、またテレビの仕事に戻るつもりなんだな」

「ええ、最後の人と会って、裁判の方針を決めたら、仕事に復帰するつもり。なんだか長い旅をしていた気がする。今は早くカメラの前で原稿読みたい気分。そのときはマコトくんも復職祝いにスタジオに顔を出してね。招待するから」

「ああ、わかった。なにかプレゼントでももってくよ」

安い花束でも、うちの売れ残りのマスクメロンでもいいだろう。形でなく気もちだからな。

「じゃあ、来週の北沼さんで最後だね。またよろしくお願いします」

了解したといって、通話を切った。おれはそのとき、もう仕事を終えた気分だった。ホノカに会えなくなるのが、すこし淋しいなと思っていたくらいなのだ。だが、終わりが見えたと思ったところから、どんな映画やドラマでもどんでん返しが始まるもんだよな。

ネットの放火魔にも、モンスターは存在した。そいつの名は北沼東治。おれたちはねじ曲がった人間が、どれほど曲がっているか、その極限の曲率を知るようになる。

ホノカから悲鳴のような電話があったのは、北沼に会う当日の朝だった。曇り空で、変に蒸し暑い梅雨のような一日。
「マコトさん、また誰かきました」

意味がわからない。5W1Hをはっきりさせないと、雑誌のコラムなら失格だ。

「誰が、どこにきたんだ」

泣きそうな声だった。

「誰かが、わたしのマンションにきたんです……警察を呼びました」

警察？　さらに混乱が増していく。ホノカの声は誰かにきかれるのを恐れて、ひどくちいさくなっている。こんなときでも声に魅力があるのは、やはり職業柄だろうか。一気にいった。

「朝イチで、郵便受けに新聞をとりにいったんです。そうしたら、ポストボックスから血が流れていて……」

「郵便受けから血？」

おれの背筋に震えが走る。

「フロアまで垂れて、血だまりになっていて。怖くて開けられなくて、警察を呼んだんです」

「近くに不審なやつはいなかったんだよな」

「はい。誰もいませんでした」

「郵便受けの中身はなんだったんだ？」

「牛のレバーが二キロ」

予想外の答えが返ってくる。驚いた。

「生の？」

「はい。生の牛のレバーが二キロ。警察の人が教えてくれました」

「わかった。とりあえず、すぐにいくよ。麴町のマンションだよな。誰かきても、絶対に鍵を開けるなよ。宅配便はロッカーに入れてもらうんだぞ」

朝のワイドショーを眺めていたおふくろが、おれの変化に気づいたようだった。

「なにかあったのかい、マコト」

「ホノカのところに嫌がらせがあった」

「あの女子アナの子かい」

おれはGジャンの袖に腕を通しながらいう。

「そう、郵便受けに配達があった。血が滴る牛レバー二キロ」

うんざりした顔で、おふくろがいった。

「気味の悪いやつは、気味が悪いことをするもんだね。さっさといってやんな。女のひとり暮らしなんだろ」

そうだといった。ホノカは局に近い麴町にマンションを借りている。一番町、麴町、半蔵門といえば、千代田区の高級住宅地だった。池袋駅前とは正反対。ラブホテルも風俗もフィリピンパブもない清潔な街だ。

池袋から麴町へは、東京メトロの有楽町線で十五分ほど。おれは車両の連結部にいき、キングに電話を入れた。ホノカに嫌がらせの事案が発生した。午後の面会には、念のためガードを強化してもらいたい。キングの答えは、生レバー二キロにも液体窒素並みに冷静。

「わかった。場所は錦糸町（きんしちょう）だったな。おれも足を運ぶ」

さすがにいざというとき、頼りになる王様。サンキューといって、通話を切った。麴町でメトロをおりて、スマートフォンの地図を頼りにホノカのマンションを探す。クルマだけでなく、誰もがナビゲーションシステムをもつようになったのだ。便利になったが、それでも土地勘がない街に手こずり、徒歩五分ほどのところにいくまでに三倍の時間がかかった。

ホノカの部屋はなだらかな坂の途中に建つ、築三十年ほどのビンテージマンションの一室だった。赤レンガ風のタイルが張られた低層タイプだ。半地下になったエントランスで、オートロックの番号を押す。３０３号室。ホノカはすぐに降りてきた。両手で自分の身体を無名の悪意から守るように抱いている。部屋着はミルク色のジェラートピケのタオル地の上下。

おれたちはガラス扉が二重になったエントランス脇にある郵便受けに移動した。ここは十二戸ある。ステンレス製の郵便受けは、磨かれたようにピカピカだった。

「ここの管理人、しっかりしてるみたいだな」

水洗いをしたようで、血だまりもなくなっている。だが、消臭剤でも動物の血の臭いは消せなかった。ほのかに流れる鉄臭さ。おれはフラップを開けて、３０３号室の郵便受けのなかを覗いてみた。高さは五センチほどしかない。

「ここに二キロの生レバーか。ぎっちり押しこんだんだな」

ホノカがスマートフォンで画像を呼びだした。ステンレスのボックスいっぱいにレバー。下にあった朝刊が血をたっぷりと吸って、滴を垂らしている。もう一枚は床に垂れたバスケットボールほどのおおきさの血だまりだった。

おれは天井の四隅を確認した。右手の上に防犯カメラ。

「映像は警察だよな」

「はい、今日の夕方までに昨日の夜から朝までの分を調べて、結果を教えてくれるといってました」

「警官は誰もついてくれないよな」

ホノカは黙ってうなずいた。これは不法侵入と器物損壊の事件だが、実際にホノカが襲撃されて怪我でもしなければ、警官が身辺警護のために常駐するようなことはない。現場の写真を撮って、防犯カメラの映像を確認し、ホノカの言葉を書類にして、ファイルしておしまい。警察は人手が圧倒的に足りないのだ。地元の交番の巡査が、普段よりも手厚く様子を見にきてはくれるけどね。

「散らかってるけど、部屋にきますか」

女のひとり暮らしの部屋にあがるなんて、何年ぶりだろう。おれはすこし緊張していたが、平気な顔でいった。

「ああ、そうしよう。ここじゃあ、話もしづらいからな」

古い高級ホテルのように細長い鏡が張られたエレベーターで、三階にあがった。エレベーターの操作盤は今どきめずらしい、押しこむボタン式だった。押すとＬＥＤでなく豆球が光るやつ。

外廊下をすこし歩いて角部屋が３０３号室。なかは外国人向けの広い１ＬＤＫだった。リビングダイニングは二十畳以上ある。バルコニーの向こうは、緑がたくさん。都心でもこのあたりはお屋敷街で、公園と緑が多いのだ。

北欧風のダイニングテーブルで、ホノカは砂糖抜きのミルクティを出してくれた。香りはいいが、すこしもの足りない。

「以前も直接的な嫌がらせはあったのか」

ホノカは険しい顔で、両手でマグカップを包むようにもっている。

「会社に注文していないピザが二十枚も届いたり、腐った魚を送りつけられたことはあったけど、直接誰かがうちのマンションにきて、あんなことをされたのは初めて」

住所も、勤め先も、ばれているのだ。ネットの放火魔のなかには、警察並みの捜査官がいる。個人情報はほぼすべて筒抜け。

「そうか、じゃあ深刻だな」

面会も最後のひとりまできているのに、事態は逆に悪くなっている。これはどういうことだろうか。ネットの放火魔の誰かが、ついにバーチャルな世界だけでなく、リアルでもホノカを脅迫しようとしているのか。その誰かの候補は数千単位で存在する。一度だけの書きこみなら万単位か。

「会社にも報告しましたけど、十分身の回りに注意するようにって」

上司も他になにもいえないだろう。警備員を雇って、警護してくれるはずもなかった。

「今日の面会が終わっても、しばらくGボーイズのガードをつけないか。少々金はかかるけど、テレビ局も補助してくれるんだろ。タカシのところは警察並みの張りこみと身辺警護をしてくれるぞ」

　ホノカは即答した。

「お願いします。もう二度とこのマンションの住人のかたに迷惑はかけられないので」

自分のことより、他の住人が優先なのだ。強い女。

「わかった、タカシに電話しておく。今日の午後もきてくれるそうだ。おれのほうから、ガードの人数を増やしてくれるように頼んでおいた」

「ちょっとすみません」

　青い顔でホノカがダイニングチェアから立ちあがった。トイレにいく。しばらくして戻ってくると、顔が紙のように白かった。吐いてきたようだ。

「だいじょうぶか。今日の予定は延ばしてもいいんだぞ」

「いえ、先方には関係のないことですから」

おれは錦糸町で会うはずになっている若い男のことを思いだした。

「北沼東治って、どんなやつなんだ」

　ホノカはさばさばといった。

「炎上の一番最初の頃から、ずっと参加していた最古参のひとりです」

おれはプリントアウトに目を落とした。尻軽、あばずれ、魔女、人でなし、人殺し。ひどい言葉が多いが、別に放火魔の間ではめずらしくもなかった。通常営業。

「もしかすると、郵便受けに配達にきたやつって、高浦と個人的なつながりがあったのかもしれないな。友人だったとか、同僚だったとか」

スマートフォンで指先を使うのと、生レバー二キロを配達するのでは、実行までの決意の重さがまったく違う。書きこみはソファに寝そべりながらで済むが、外に出て、このマンションまでこなければいけないのだ。しかも防犯カメラだって、高級マンションなら必ず設置されている。世界の衝撃映像系の番組を見ていたら、とても侵入して嫌がらせなんてできないよな。カラーで高精細なムービーが証拠として残るのだから。

「学生時代の友達、地元の幼馴染(おさななじ)み、制作会社で一緒に働いていた人、もしかしたらMBCの社員かもしれない。そうなったら、何百人も可能性があります」

ホノカの声は悲鳴のよう。ここまでは、後味と薄気味が悪いにしても、スムーズな仕事だった。それが直接的な嫌がらせで、一気に困難な局面になってしまう。

ネット記事にもならないような街のトラブルでさえ、予測不可能で、いつ事態が急変するか誰もわからないのだ。だから、おれは本業の店番を放りだして、こんなに熱中できるのかもしれない。一度、身勝手に他人を断罪する快楽を知った放火魔は次々とターゲットを変えて、あちこちで呪いの言葉を書き散らすという。おれはきっとネットの炎上でなく、リアルな世界のトラブルの依存症なのだろう。

その日は午後イチには錦糸町に到着していた。おれはホノカとともに行動している。半蔵門駅からメトロで一本の錦糸町駅に移動し、早めの昼食を駅のそば屋でいっしょに済ませた。錦糸町は池袋と同じ副都心で、東京の東側を代表する繁華街のひとつ。駅の南口には楽天地（らくてんち）映画街とマルイとＪＲＡの場外馬券売り場、北口にはすみだトリフォニーホールというクラシックの名ホールがある。おれも何度かここでピアノやら、オーケストラを聴いたことがあるのだ。ブラームスの四番の帰り道、焼鳥屋の煙にまみれるのも、なかなかいいもんだよ。

おれとホノカは北口にあるカフェに、約束の十五分前には着いていた。店内をそれとなく見回す。子ども連れが多い客席の離れたテーブルに、Ｇボーイズの男たちがふた組。タカシもきている。おれは視線だけで、合図を送った。

店内が見晴らせるテーブルにホノカと席をとる。ハメ殺しのガラス窓の向こうには、都バスのロータリーが広がっていた。日ざしの明るい、のんびりとした下町の午後だ。

「放火魔と会うのも、これで最後だな」

おれはロータリーを横目で見ながら、ホノカに話しかけた。依頼人の緊張をほぐすのも仕事だ。なにせ血まみれの郵便受けを見たばかりだから。

「ええ、こんな面倒な件にマコトさんを巻きこんでしまって、すみません。だけど、わたしはちゃんと会って話をしてよかったと思っています。やっぱり人間しかいないんだ。攻撃されているときは心のないモンスターだと信じていたけど、普通の人ばかりでした」

木の杭に縛られて、足元の薪に火をつけられた被害者からの希望にあふれるいい言葉。おれはロータリーにあらわれた一人の男に目を奪われた。黒いパーカーに、ブラックジーンズ、黒いキャップに、黒いウレタンマスク。背中のリュックも黒で、ストラップがたくさん垂れている。

「もしかして、あいつかな」

黒ずくめの若い男は目を伏せて、まっすぐこちらのカフェに向かってくる。ホノカは不安げにいった。

「顔写真はないので、わかりません。でも、あの人のような気がします」

おれも同意見だった。離れたテーブルのキング・タカシに目をやる。わずかにうなずいた。Gボーイズの突撃隊のひとりがスマートフォンをとりだし、SNSでもチェックするように画面を覗きこんだ。最近のスマホのカメラのデジタルズームは超望遠でも精細だ。六百ミリの大口径ズームレンズみたいな映像が撮影できる。黒ずくめの男をしっかり捉えているはずだった。

春の日ざしを吸いこむように黒い男が、おれたちのテーブルの前に立った。おれには目もくれず、じっとホノカを見おろしている。先に声をかけたのは、休職中の女子アナだった。

「北沼東治さんですね。お座りください。こちらは、わたしの友人でライターの真島誠さんです。女性ひとりでみなさんにお会いするのが不安で、同席してもらいました」

おれは会釈していった。

「ここには誰もいないと思って、おれのことは無視してもらってかまわない」

トウジは無言のまま座った。両足を九十度に開き、リュックを背負ったまま身体を椅子の背にあずける。ひどく尊大な雰囲気。たとえ空席でもメトロでこいつの隣には、絶対に座りたくない。そんな感じ。

ホノカはいつものように、書きこみのプリントアウトをトウジの前に押しやった。

「あなたが書きこんだ六十二通の個人攻撃が、ここにあります。ハンドルネームは『北の狩人』で間違いありませんね」

おれもその書きこみを見ていた。こいつの行動で目を引くのは、規則正しさだった。一年半に渡り、週に一〜二通欠かさずに書きこんでいるのだ。たいていの放火魔は、せいぜい二〜三通で、炎上にも飽きてしまうのだが。

トウジはぺらぺらとコピー用紙をめくり、ホノカに押し戻した。

「こいつは確かに、おれが書いた」

さすがにホノカもかちんときたようだ。

「北沼さんには謝罪の気もちはありますか」

トウジは悪魔のようにゆっくりと表情を変えた。底意地の悪い、誰かに見せつけるための笑いだ。ジョーカー。

「人がひとり殺されてるんだ。なぜ、おれが謝罪しなくちゃならない？」

ホノカの態度が硬化した。海外の災害ニュースを読むときのように声が険しくなる。

「高浦さんはお気の毒ですが、あれは自殺です。地元の警察でも事件性はないと、結論が出ています。人が殺されたというのは、どういう意味ですか」

トウジはにやにやと笑っている。

「だから、誰かさんにあのＡＤは殺されたといってるんだ。そいつが誰かは、おまえが一番よく知っているはずだ」

普通の会話がまったく通じないモンスターが、ここにいた。パフェやパンケーキをたべる子どもたちの歓声がやかましい下町のカフェには、まったくそぐわない怪物だった。足をがばりと開き、ふんぞりかえったままトウジはいう。

「どうして、おれが謝罪をしなきゃならない。みんなが怒るのも当然だろう。おまえが弄んで、振り回し、やつは東京での仕事も、生きる目的も意志も失くしたんだ。絶望のなかで投身自殺をした人間の気もちを考えたことがあるのか」

ホノカは唇を噛んだ。おれはついに横から口をはさんだ。

「ちょっと待ってくれ。どうして、そんな話になるんだ。高浦さんはストーカー行為で、警察の取り調べを受けている。制作会社だって、精神科のクリニックを受診するように手を打ってくれたはずだ。不幸な話だけど、そいつは中林さんの個人的な責任とは違うだろう」

おれの存在に初めて気がついた。そんな調子で、一瞬だけトウジがおれに視線を移した。

「この男はなんだ。おまえの別のセックスフレンドか」

危うくコップの水をかけそうになった。おれのでなく、ホノカの名誉のためにな。

「マコトさん、抑えてください。今日は話しあいのために、ここにきています。北沼さんも口を慎んでください。今回の面会は刑事裁判の際にも、重要な心証になります」

トウジはまったくひるまなかった。

「刑事でも、裁判でも、好きにしたらいいだろう。おれはあんたが最低の女だとわかっているし、自分の意見を変えるつもりもない。罰金ならいくらでも払う。だが、おれをとめることはできないぞ」

トウジはおれをにらみつけた。

「そこの三文ライターにも、警察にも、裁判所にも、テレビ局にも、おれはとめられない。おまえみたいな魔女が、ニュースキャスターなんてやってる時点で、この世界は狂ってるんだ」

おれは逆に冷静になってきた。トウジの怒りは、どこから噴出してくるのだろう。この男はただの愉快犯の放火魔ではなかった。ホノカ本人を目の前にしてもまったく悪びれないし、司法制度を恐れてもいない。百パーセントの確信犯だ。

ホノカが必死に声を震わせないようにしていった。

「もしかして、北沼さんは高浦さんと個人的な関係があったのですか」

そうでもなければ、これほどの異常な憎悪は考えられなかった。

「さあ、そいつはどうかな。勝手に裁判でもなんでもやるがいい。おまえたちに、おれは変えられない」

それだけいい捨てると、テーブルの氷水をごくごくと喉を鳴らしてのみほした。自分で注文したアイスコーヒーが届く前に立ちあがり、挨拶もなしに店を出ていく。トウジはそのまま錦糸町駅北口のロータリーに消えてしまった。

黒い竜巻(たつまき)のような男だった。

キング・タカシがおれたちのテーブルにやってきた。

「あいつがクロだな」

人は見かけが九十パーセント、そんな本があったよな。数々のストリートの犯罪を裁いてきたタカシの目はシンプルだった。おれたちの会話は、すべてマイクでGボーイズにも流れている。街のガキにも通信革命。おれはいった。

「黒ずくめのカッコをしてたから？」

にこりとも笑わずに、絶対零度の声で返してくる。

「邪悪な空気のせいだ。あいつは下町のヴォルデモートだな。身辺警護をしっかりして、さっさと刑事裁判にもちこむしかない。それでも、あいつのいうとおり、とめられないかもしれないが」

ホノカには秘密にして、Gボーイズから重い制裁を加えるという奥の手もあるが、それは最終手段だった。おれはホノカにいった。

「これからの予定は？」

ホノカの頬は怒りと屈辱で赤く染まっている。無理もない。炎上の書きこみを読むのと、それをリアルな誰かに直接投げられるのでは、重みが違うのだ。深呼吸をひとつして、ようやくいった。

「土曜日に、ＢＳ放送の公開収録があります」

「へえ、もうＭＣとして復帰するんだ」

女子アナは一瞬苦し気な表情になった。

「いいえ、違います。その討論会のテーマは、ネット炎上なんです。わたしは被害者のひとりとして、パネリストでの参加です」

そういうことか。おれはタカシと目をあわせた。

「場所は？」

「半蔵門にあるＦＭ局のホールです」

おれはタカシにいった。

「とりあえずそのイベント目指して、身辺警護を頼む」

王は冷ややかにうなずいた。

「まかせておけ。おまえたちと入れ違いに、麹町のマンションに張りこみのクルマを置いておいた」

さすがに頼りになる王様。おれたちは黒い竜巻が吹き荒れた昼下がりのカフェを出て、Gボーイズのクルマに乗りこんだ。シャンパン用の冷蔵庫とクリスタルグラスがついたSUVに、ホノカは目を丸くした。Gボーイズって、どんなビジネスを展開しているの。グッチのサマージャケットを着たタカシは、笑って答えなかった。

ボルボはそのまま麴町でホノカをおろし、おれを西一番街まで送ってくれた。

最後にタカシがいった言葉は、今でも忘れられない。

後ろのドアを開くと同時に、キングはいった。

「マコトは甘いから、人のいい面ばかり見ようとする。だが、この世界にはなにもかもねじ曲がり、その曲がり方だけがそいつの人間性だという怪物もいるんだ。おまえはひとりでトウジには近づくなよ、絶対にだ」

その夜、おれはショスタコーヴィチの交響曲七番を繰り返し聴いた。史上最悪の包囲戦といわれる第二次大戦のレニングラード戦線をテーマに書かれた曲で、標題も『レニングラード』。凍てつく雪と氷のなかでドイツとソ連の兵士は十万人単位で殺しあい、

輸送路を断たれた市民は飢餓に落ち、犬も猫も鼠もたべ尽くしたという。悲惨の極致。だが、ラヴェルのボレロから着想を得た第一楽章には、オフビートの皮肉なユーモアさえある。さすがにロシアの作曲家だった。底の知れない深さと怖さがある。ちなみに包囲戦について知りたかったら、アレクシエーヴィチの『戦争は女の顔をしていない』がおすすめだよ。二〇一五年のノーベル文学賞受賞者。あんたも読んだら、ぶっ飛ぶよ。驚いたことに、わがニッポンではこの重厚なノンフィクションが、ちゃんとマンガ化されているのだ。世界に誇るべきソフトパワーというのは、こういうやつ。

ホノカからメールが着信したのは、夕方の六時。だいぶ日の入りが遅くなったので、まだ明るい春の夕べだった。送られてきた画像を開いた。防犯カメラの粒子が粗い映像で、黒ずくめの男が赤黒いものを、３０３号の郵便受けに押しこんでいる場面だった。背中のリュックから何本も黒いストラップが垂れている。

すぐに電話があった。

「マコトさん、見てくれましたか」

見たといった。一瞬であの男だとわかる。

「北沼だったんだな。警察はなんていってる？」

「明日にでも、北沼さんの部屋にいって事情聴取をしてくれるそうです」

おれは嫌な予感がした。

「それじゃあ、遅い。一時間、おれにくれ」

ホノカから北沼の住所はもらっていた。通話を切り、タカシに防犯カメラの映像を送り、すぐに電話をかける。キングは自慢さえ冷ややか。

「あいつはクロだと、おれはいったよな」

「ああ、今回はタカシに降参だ。北沼の住所いうぞ」

おれは墨田区江東橋の住所を告げた。下町の運河沿いのワンルームマンションらしい。

「わかった。三十分、いや四十分見てくれ。やつが部屋にいるか、確認させる」

警察と違って、Gボーイズには管轄もないし、すぐに人を動かせるのだ。

「わかった。待ってる」

おれは待った。待っている間に、春先の果実を八千円分売り上げた。誰がなんといっても、果物屋の店番がおれの本業。

タカシの電話まで三十分とかからなかった。すでに池袋西口の空は暗い。
「ウーバーより早いな。どうだった」
タカシの声に落胆はない。

「バイクを飛ばした。誰もいないようだ。まあ予想通りだがな。やつの部屋は明かりが消えたままだ。そのまま徹夜で張るようにいってある。クルマ一台とバイク一台」

簡潔な報告だった。

「わかった。ホノカと話してみる」

おれはまた通話を切り、ホノカにかけた。

「北沼は部屋に帰っていないようだ」

「こんなに早くどうやって調べたの」

「タカシのところのGボーイズが動いた。あいつらときどき警察やテレビ局より早いんだ」

きっと労働基準法とか、常識とかがないからだろう。やるべきことは即座にやる。それも徹底的に。それが街の掟(おきて)だった。

「たぶん、やつはもうあの部屋には戻らない。どういう理由かはわからないが、ホノカさんを心の底から憎んでいるみたいだ」

自分でそういって、恐ろしさで震えあがった。ネットの書きこみは言葉だ。言葉も深く心を傷つけるけれど、実際の暴力はさらに重大だった。心だけでなく、命を守らなければならなくなる。

「今日からしばらく、ホノカさんにはGボーイズが何人か張りつくことになる。おれも店が暇なときは、そっちに顔を出すよ」

　おれは唯一の気がかりを確かめてみる。

「土曜の公開収録だけど、ホノカさんがパネリストをやるって、告知されているのか」

　二度ばかり、ホノカが深く息を吸って吐く。本番前のキャスターみたいだ。

「ええ、もう告知は済んでるの。コロナで観客数は五十パーセントに制限されてるけど、チケットも配布済み」

「今日が水曜だから、後三日か」

　場所と時間が明確ということは、トウジにとっては狙いやすいターゲットだった。

「討論会が山場だな。ホノカさんの関係者分として、何枚かチケットを押さえてもらえないか。できるだけたくさん。おれとタカシとGボーイズがいく」

「わかりました」

　おれは以前から考えていたことをきいてみる。

「ところでさ、そのパネリスト役は降りられないのかな。北沼が狙ってきそうなのに、わざわざステージにあがることもないだろ」

　即座にホノカの返事が戻ってきた。何度も考えたのだろう。迷いがない。

「ネット炎上の被害がテーマなのに、放火魔に狙われているからといって、パネリストを降板するなんて、絶対にできません。それでは脅迫に屈することになります」

トウジもホノカも頑固だった。ホノカは自分の命を、トウジは社会的な生命をかけて、クライマックスに向かっていく。

「わかった。じゃあ、土曜日までなるべくひとりで外には出ないように。買いものとかは友人に頼むとか、Gボーイズにつき添ってもらってくれ。なんなら、おれがいっしょにいくから」

「わかりました」

ホノカは低い声で、しっかりといった。

「こんな大変なことにつきあわせてしまって、ごめんなさい。マコトくんにもGボーイズのみなさんにも、どうお礼をいったらいいのか。ほんとうに感謝しています」

おれはじれったくてたまらなかった。命が危ないのは、おれでもGボーイズでもなく、当のホノカなのだ。

「感謝するような心の余裕があるなら、全部周囲への注意と警戒に使ってくれ。ホノカさんになにかあったら、おれたちの苦労はぜんぶ泡になっちまう。頼んだぞ」

通話が切れた。おれは気が気でなくて、店番の仕事が手につかなくなった。おふくろに小言ばかりくらってしまう。この精神的な苦痛は慰謝料として、北沼に請求できないのだろうか。

　その夜には九時からの公共放送の報道番組で、短いニュースが流れた。おれは十五秒ほどの映像を、店先の液晶テレビで見ている。

　ホノカが勤めるＭＢＣの正面玄関に、真っ赤なペンキがぶちまけられたのだ。エントランス前の階段も、ガラスの自動ドアも赤黒いペンキで真っ赤。黒い服を着た身長百七十五センチほどの男を警備員が追いかけたが、犯人の脚は速く、すぐに逃げられてしまったという。

　その赤で、生レバーが詰めこまれた郵便受けを即座に思いだした。

　ホノカからすぐに電話がある。

「マコトくん、見た？」

　女子アナからのため口は心地よかった。

「ああ、あの赤。きっと北沼だ」

「わたしも、そう思う。さっき上司に電話をして、レバーの件とペンキの共通点を報告したところ。局でも警備員を増員して、気をつけるって」

　おれはニュースを見て、考えていたことを口にした。

「北沼がいくらいかれていても、いつまでも逃げ続けることはできない。あいつだってスーパーマンじゃないし、金だって続かないだろうし。たぶん討論会でしかけてくるぞ」

「覚悟してる。マコトくんとGボーイズで、わたしを守ってくれるんだよね」

「ああ、まかせろ」

そうはいったが、おれの不安は消えなかった。狙われる方と狙う方では、つねに狙う側が有利だ。あれだけの人と予算をかけて厳重に警護された合衆国大統領でさえ、何人も暗殺されている。

「絶対、ひとりで外に出るなよ。部屋のドアを開けないように」

「わかってる。危ないことはしないから」

ホノカと通話が切れると、その後は電話でタカシと警備態勢の打ちあわせをした。なんとか手配できたチケットは八枚。もともと収容人数が定員の半分なので、それで精一杯だったという。五十分を超える話の最後に、おれはきいた。

「タカシは北沼の得物はなんだと思う?」

キングは冷凍庫のステーキ肉みたいな冷めた声でいう。

「銃はない。ナイフだろうな、たぶん。おまえとホノカの分の防刃（ぼうじん）ベストは用意した。すこしおおきめのジャケットを着てこい。ホノカにもそう伝えてくれ」

今年のモードはワイドシルエットだった。肩が落ちて、身ごろがたっぷりとした服が多いのだ。おれの新しいGジャンもそのタイプ。

「わかった。タカシもベスト着るのか」

高度一万メートルの北風のように笑って、キングはいった。

「おれの一番の武器はスピードだ。そんな窮屈なものを着ていて、いざというとき動けるか」

王はいつも勇敢だった。

「じゃあ、おまえが刺されそうになったら、おれが盾になってやるよ。その代わり、絶対に北沼を押さえてくれ」

タカシは高校生の頃のように鼻で笑った。

「あんな男のナイフが、おれに届くと思うのか。ブサイクな盾なんて必要ない。マコトはただホノカのそばにいてやれ。おまえのこと、まんざらでもない目で見てるぞ、あの女子アナ」

テレビの向こう側の人間なんて、おれにはまったく別世界。

「ないない。おれは芸人でもないし、ＩＴ社長でもない。お呼びじゃないさ」

しゃりしゃりと氷を削るような涼し気な笑い声をあげて、キングはいう。

「そういうのを職業差別に基づく偏見というんじゃないのか。女子アナにもまともな女子はいる。果物屋の店番や街のギャングにも、まともな人間がいるのと同じだ」

庶民の心をつかむのが上手い王様だった。

「おれはホノカをそんなふうに見てない。まあ、なにかがあるとしても、今回の山が全部済んでからだ。タカシ、Gボーイズを頼んだぞ」

なんの返事もなく電話が切れた。返事をするまでもない言葉なのだろう。キング・タカシはいつも誰かに頼まれているのだ。

そこから土曜日までは静かなものだった。

おれは毎日のようにホノカの麹町のマンションに足を運んだ。北沼はMBCペンキ襲撃事件から、なんの動きも見せなかった。土曜日はあいにくの曇り空。分厚い雲が皇居の空に蓋(ふた)をして、昼前から重苦しい雰囲気だった。

ホノカの件とMBC襲撃で、警察も動いてくれた。半蔵門にあるメトロポリタンFMのホール前には、警備員と警官がたくさん。おまけにGボーイズの突撃隊もどっさり。おれとタカシは会場周辺を見て回った。警備の穴はないか。北沼が潜りこむとしたら、どこを狙うか。だが、穴はなかなか見つからなかった。開場の午後一時になって、おれたちはホールのエントランスに向かった。

エントランスには老人から学生まで、幅広い年齢の観客がいた。スマートフォンにチケット代わりのQRコードを出して、改札を抜ける。おれはホノカに電話して、迎えにきてもらった。ホノカは白いスーツでロビーにやってきた。何人かの客がホノカを見て、ひそひそ話をしている。ほら、あの炎上した女子アナ。

ホノカは胸を張り、先に立って楽屋に案内してくれた。おれが手にさげたショッピングバッグに目をやるといった。

「それがベストなの」

そうだといった。紙袋はボッテガ・ヴェネタ。いっておくがおれのじゃなくて、タカシのだからな。楽屋は壁の一面が鏡になった奥行きのある四畳くらいのタイル張りの小部屋。おれはホノカに防刃ベストを渡し、自分でもGジャンを脱いだ。防刃ベストはしなやかで、それほど硬くも分厚くもなかった。おれはいった。

「こんなものでナイフを防げるのか」

タカシは笑っていう。

「しっかりとケブラー繊維を編みこんである。名人が振る日本刀でもなかなか貫けないぞ」

北沼が刃渡り七十センチの日本刀をもつところを想像してしまった。嫌なことをいう王様。ホノカは黒いベストを着こむと、ジャケットの前を閉めた。鏡を見ていう。

「わたしは痩せ過ぎてたから、これを着てちょうどいいくらいかな」

おれもベストの上から、Gジャンを着た。前のボタンを閉めると、ベストはきれいに見えなくなる。ホノカにいった。

「よく似あってるよ。女性アナウンサーに防刃ベストが似あうなんて、おかしな話だけど。おれとタカシは関係者席の最前列にいる。ホノカに近づくやつがいたら、真っ先にステージにあがって、守るからな。心配せずに、堂々と自分の意見をいってくれ」

「わかりました。マコトくん、キングさん、よろしくお願いします」

ホノカの顔も緊張していた。後一時間足らずで討論会が始まるのだ。タカシがいった。

「いくぞ、マコト。おれたちは外の廊下で待つ。楽屋を離れるときは声をかけてくれ。トイレにもいっしょにいくからな」

「はい」

さすがにプロのアナウンサーだった。たったひと言の返事にも声に張りがある。

おれたちは楽屋のスチールの青い扉の両脇に控え、開演を待った。なんだかスターのボディガードみたい。タカシはゆったりとくつろぎ、腕を組んで周囲を眺めている。リ

ラックスしているが、全身の神経を研ぎ澄ませているのがわかった。

そのままなにごともなく、時間は流れた。ホノカがスタッフに呼ばれると、暗いステージ裏に案内された。先頭はタカシで、真ん中がホノカ、最後がおれ。あんたが知ってるかどうかわからないが、ステージの裏ってあれこれと倉庫のように機材が置いてあって、いくらでも人が隠れるスペースがあるのだ。しかも照明はほとんどない。おれはでたらめに緊張したが、タカシは慣れたものだった。あっという間に舞台袖に到着する。

そこにいたのは、ＭＣ役の別な女子アナと炎上問題を研究している社会学者、被害者の会の代表、そして実際の被害者が三人。ホノカとネットいじめで高校を中退し高卒認定試験を受けて大学に進学した学生、それに自分の子どもをユーチューブにあげて大炎上を起こしたママチューバーだった。

開演の五分前、会場スタッフがマイクを使用した。

「では、本日のパネリストをご紹介いたします」

最初は四十代の社会学者だった。つぎつぎと呼びだされ、最後に残ったのがホノカだ。おれとタカシを見てうなずくといった。

「絶対にあんな人には負けないように、がんばる。それじゃ、いってきます」

白いパンツスーツの背筋をまっすぐに伸ばし、ホノカがステージの光が当たる場所に出ていった。ホールの三方向に向かって、丁寧にお辞儀をする。さすがにプロの余裕だった。

「いったな。マコト、このホールをどう見る?」

そこそこ古いホールだった。収容人員は九百人ほどの中規模ホールである。観客席は奥に向かってせりあがるようになっている。コロナのせいでひとつ置きに客が座っている。満席の五十パーセントに数パーセント足りないというところ。さすがに炎上問題とネットリンチには世間の関心が高いのだろう。

「どうもこうもないよ。すべて丸見えだし、今日は警備の数もすごい。さすがの北沼だって、ホノカに近づくのは難しいんじゃないか」

Gボーイズからも北沼発見の報告はなかった。もう開演時間で、ホールへの入場も困難になる。観客はすべて席についている。誰かが動けば目立ってしかたないだろう。このイベントはなんとかなりそうだった。むしろ用心するのは終了後の移動時か。キングが冷気とともにいった。

「ほんとうにそうかな。北沼はいかれたやつだが、馬鹿じゃない」

ステージではパネリストの討論が始まった。おれたちは音を立てずに、ステージ裏を抜け、横の扉から最前列の席の端に座った。

開始から十五分、大学生が自分の体験を語っているときだった。おれたちの反対側にあるステージ近くの防音扉が開いた。半袖のアロハを着た、白いマスクのロン毛の男が入ってくる。背をかがめ、中央の通路で空席を探していた。

おれはそいつが北沼だとはまったく気づかなかった。その男がショルダーバッグから、なにかをとりだし、ステージに投げた。ビニール袋が弾けて揮発性の臭いが会場を満たした。ガソリンだ！　ホールに客たちの悲鳴が響いた。

タカシはガソリンの入った袋が投げられると同時に走りだしていた。北沼はショルダーバッグから、次にペットボトルを出した。中身を周囲に振り撒き、自分も頭からかぶった。

「北沼！」

タカシが叫びながら、風のように中央通路に駆けていく。おれは逆方向に駆けだしていた。ステージをよじのぼり、パネリストの右端のテーブルに駆け寄る。

「ホノカ！」

おれはホノカの手を引いて、立ちあがらせた。ガソリンで濡れたステージ前方から、下がらせる。そのとき、おれはまぶしいステージから薄暗い観客席を見た。関係者席の客がパニックになって逃げ始めている。北沼がパンツのポケットから、ジッポのライターを抜いた。銀の蓋がきらめいて開く。後は親指のひとこすりで、このホールは炎に包まれるだろう。北沼は予言していたのだろうか。魔女を裁くのは火だと。けれど、北沼の親指のワンモーションよりも、タカシの動きは早かった。飛びかかるように空を滑り、伸ばした右拳が北沼の顎をこするように撃ち抜いた。そのまま通路の階段に、もつれあいながら倒れこみ、何段か転げ落ちた。

そこに警備員よりも早く、Gボーイズの突撃隊が殺到した。ガソリンで濡れた床のうえに押し倒した北沼に三重四重に折り重なる。人間パンケーキだ。タカシは北沼が拘束されると、ステージのほうにやってきた。さっとガードレールでも超えるように、ステージに飛び乗る。

「今回はほんとうに危なかったたな」

遠くからパトカーのサイレンがきこえた。北沼のところに最後にやってきたのは、警察官だった。タカシは手を開いて、おれたちに見せた。銀のジッポ。ホノカが震えながらいった。

「ありがとう。キングさんもマコトくんも、ほんとにありがとう」

北沼は無言のまま床に押しつけられている。ただ、やつの目だけが光り輝くステージに立つホノカとおれたちをにらみつけていた。

その後は面倒な警察の事情聴取につきあわなければならなかった。同じ話を繰り返し、麹町警察署で三時間半。おれは慣れているが、タカシにはしんどかったようだ。北沼を押さえた後で、ステージに上がらず、すぐ逃げればよかったとぼやいていた。

北沼は二日前のアイドルのコンサートで、ＦＭ局のホールへ入り、そのままずっと潜んでいたという。ステージ下、楽屋、資材倉庫、考えてみればホールにはいくらでも隠れ場所があった。あの黒い男はステージの闇に四十八時間以上も溶けこんでいたのだ。

とりあえず、ホノカの事件はこれで片がついた。最後まで、おれにわからなかったのは北沼が自分の命まで張った動機である。なにせやつは自分もガソリンをかぶったのだ。生半可(なまはんか)な覚悟ではなかったことだろう。それほどまでに、見ず知らずのホノカを憎む理由がわからない。それともやつは、ネットに潜む強烈な思いこみをする放火魔のひとりなのだろうか。自分の身を滅ぼしても、社会正義を貫く迷惑な偽ヒーローである。

北沼の事情がわかったのは、数日後だった。ホノカのところに麹町署から連絡が入った。高浦健一の母親の名は、高浦洋子(ようこ)。再婚する前の旧姓は北沼(きたぬま)洋子。洋子は前の夫と

の二歳足らずの子どもを、父母に預けて再婚したという。そのままほとんど実家には寄りつかなかった。どんな親でも子どもを愛するなんて、都市伝説だよな。なかには子どもを捨てて、まったくかえりみない親だっている。

　高浦健一と北沼東治を引きあわせたのは、祖父母だった。きっと会ったこともない父親違いの兄弟を不憫（ふびん）に思ったのだろう。母親に隠れて、兄弟は絆を深めた。ふたりが社会人になってからは、東京で頻繁（ひんぱん）に会っていたらしい。そこに高浦のストーキング行為と自殺が発生してしまった。

　炎上の最初のきっかけをつくったのは、兄の北沼だった。あの爽やかな高浦の笑顔の写真を撮ったのも北沼だ。皮肉なことにあの写真は、高浦が身を投げた山にふたりで登ったときのものだという。

　殺人未遂と器物損壊、それに名誉毀損と、北沼の罪は重なった。しかも未遂ではあるが、大量殺人だ。やつが数年のうちに、こちらの世界に戻ってくるとは思えなかった。

　まあ、タカシはそのときはきちんと、法ではなく、Gボーイズ流の罰を与えるといっている。おれはホノカさえ無事なら、後はどうでもよかった。

ソメイヨシノがすっかり葉桜に変わった頃、おれたちは最初の依頼のときと同じベンチに座っていた。ウエストゲートパークは春の夕方で、西の空にはサクラの花びらよりすこしだけ濃い紅色の雲。今度コーヒーを買ってきたのは、ホノカだった。

「もうお店ではアルコールも出ないから、コーヒーで乾杯しましょう。わたし、来月からテレビ局に復職することになったんだ」

「そいつはよかったな」とおれ。

タカシは笑って、おれたちを見ている。おれはいった。

「ホノカって、見た目以上にタフだよな。やつに狙われているのに、ちゃんとステージにあがったしさ」

あのガッツがあれば、きっとスタジオでも上手くやっていけることだろう。タカシがいった。

「テレビ局員でなくても、街の貧乏な店の店番にも、案外すごいやつがいるって、わかっただろ」

確かに同世代の局員とおれの年収には二倍以上の格差があるのかもしれない。まあ、おれのほうが断然自由だけどね。タカシはおふくろから頼まれているので、おれに女をあてがおうと必死。かわいいところのある王様だった。

「ほんとだね。ステージに飛んできたときのマコトくんは、白馬の騎士みたいだった」

「そういう褒め殺しはもういいから」

おれは砂糖を入れていないブラックコーヒーをひと口すすった。ひどく苦いが、後からくる香りは最高だ。今回のトラブルのようだった。ホノカは何度も炎上したが、そのたびに必ず復活した。炎上が、文字通りこの不死鳥をさらに強くしたのだ。

きっとテレビカメラの向こう側で、ホノカはいっそう強く輝くに違いない。そのとき、おれは近くにはいられないだろう。店のテレビを目を細めて眺めるだけだ。麴町署からの感謝状と金一封から逃げ回っているキングがいった。

「めったに褒められないんだから、素直に受けておけ。美人に褒められたら、どんな馬鹿でも笑ってありがとうというもんだ」

おれはキングを無視して、ベンチから立ちあがった。紙コップを片手に歩きだす。背中越しにキングとホノカにいった。

「店はコロナのせいで八時までなんだろ。さっさといって、三人でうまいもんでもくおうぜ」

ホノカが予約したのは、池袋北口にある最近人気のインドネシア料理の店だという。ピーナツペーストを塗った甘辛い焼き鳥で、生ビールを一杯やれないのが残念だが、まあウーロン茶でいいことにしよう。

その夜のホノカはスーパーモデルのような足を半分出した、ひざ丈のタイトスカート。

グッチのスーツを着たタカシのほうが、断然似あっている気がしたが、男は服じゃないよな。おれはまああのスタイルなのでユニクロだってＺＡＲＡだって、そこそこ着こなせるのだ。

あのステージ裏とは逆に、今回はおれが夕日のウエストゲートパークを先頭に立って歩いていった。声をかけるまでもない。透明な夕空がおれたちが向かう方角に、無限に広がっていた。連れが必ずついてくるってわかっているなら、ひとりで先に歩きだすって、いつもいい気分だよな。

解説　半歩後ろを歩くあなたへ

額賀　澪

この原稿を書いているのは、二〇二三年の六月一日である。

およそ一ヶ月前、世界保健機関（ＷＨＯ）は新型コロナウイルス感染症の緊急事態宣言の終了を発表した。日本でも、新型コロナウイルスの感染症法上の位置づけが、季節性インフルエンザと同じ5類に移行。外出自粛もなくなり、マスクの着用も個人の判断に任せられるようになった。三年以上に及んだ新型コロナと人類の戦いは、パンデミック終息に向けて大きな一歩を踏み出したのだ。

しかし、人間がいくら宣言をしたところで、ウイルスが存在していることには変わりない。「マスクを外していい」と言われたものの、街に繰り出せば多くの人がマスク姿で行き交っている。感染対策の緩和によって、あちこちで「コロナにかかっちゃった」「コロナかと思ったらインフルエンザだった」という声が今日も聞こえる。

それでもきっと、私達は緩やかにウイルスとの戦いを過去のものにしていくのだろう。数年後には、「コロナ？　ああ、懐かしいね～。あの頃は大変だったよね、飲み会も旅行もできなくて」と笑い合っている可能性が高い。

そんなタイミングで、『炎上フェニックス　池袋ウエストゲートパークXVII』は文庫化された。

＊

第一話「P活地獄篇」が最初に「オール讀物」に掲載されたのは、二〇二〇年七月のことだ。東京オリンピック・パラリンピックの延期、マスクやトイレットペーパーの品薄、初めての緊急事態宣言を乗り越えた街は、密閉・密集・密接の3密を避ける新しい生活様式を必死に受け入れながら夏を迎えた。

私達と同じように、池袋のトラブルシューター・マコトもそんな夏を過ごしていた。彼が住む池袋の街も、新型コロナウイルスの魔の手からは逃れられなかったのだ。

池袋西一番街で、マコトは相も変わらず家業の果物屋を手伝っている。彼の〈変わらなさ〉に安堵まで覚えてしまう。しかし街は閑散とし、池袋のホストクラブではクラスターも発生していた。「うちの果物屋の売上は、いつもの夏の四割くらい」とマコト自身もぼやいている。

そんな中、第一話「P活地獄篇」は幕を開ける。マコトに依頼を持ち込んだのは、高校の先輩であるトウヤ。マッチング・サイトで出会った女性・ハルカと結婚を考えているという彼だったが、相手の女性がマッチング・サイトの運営会社とトラブルになっているという。

実はこのマッチング・サイトは、いわゆるパパ活サイトだった。金を払って女と会いたい男達と、男と会って金をもらいたい女達の集まる場所だ。

しかも、この運営会社は半グレ集団だった。登録している女性達を容姿と年齢で選抜し、一軍としてVIP客の相手をさせている。トウヤの恋人であるハルカは、一軍への誘いを断ったことで運営会社から脅されて困っているというわけだ。

しっかりマスクをして、ソーシャルディスタンスを守りながら、マコトは依頼人のために動き出す。彼が協力を持ちかけたのは、もちろん、Gボーイズのキング・タカシだ。

物語の世界にも無情に襲いかかった新型コロナウイルスだが、変わることなく池袋の街を闊歩しているGボーイズの姿に、コロナ自粛で変わり果てた街を見ていた読者達は、きっと安堵するに違いない。

第二話「グローバルリングのぶつかり男」では、季節は秋に。池袋の街は「ぶつかり男」の話題で持ちきりだった。黒ずくめの服装の男が、女性や子供ばかりを狙って体当たりをかまして立ち去っていく。自分より明らかに弱そうな人を狙った、悪質な犯行だった。

一体彼は何が目的でそんなことをするのか？　何が彼を「自分より弱い人間に体当たりするぶつかり男」にしたのか？

捕まるどころか模倣犯まで出始めたぶつかり男だが、近所にある焼肉屋の晴美バアが彼に怪我をさせられたことで、マコトとキングは動き出す。

第三話「巣鴨トリプルワーカー」は、コロナ禍によってすっかりお馴染みとなったフードデリバリーの配達員が依頼人となる。東京の新型コロナ新規感染者数が二千五百人近くになり、二度目の緊急事態宣言が発出された頃だ。

依頼人のゴロウ曰く、自分の自転車ばかりを狙って嫌がらせをされ、ついには家族の身を脅かすような脅迫状まで届いたという。

配達員の多くは、コロナ禍で職を失った人々だった。若者もいれば中年もいる。外国人もいる。エッセンシャルワーカーとして働きながらも、コロナ不況によって真っ先に首を切られてしまった立場の弱い人々ばかりだ。

コロナ禍によって生まれた――いや、より鮮明になった格差社会のど真ん中でひずみが生まれ、罪を生んでしまう瞬間をマコトは目撃する。

第四話「炎上フェニックス」では、タイトルの通りインターネット上での〈炎上〉が描かれる。花見も宴会もできない静かな春の東京は、燃え上がっていたのだ。

キングがマコトに引き合わせた依頼人は、休職中の女子アナ・ホノカ。彼女は炎上の最中にいた。一方的に好意を寄せてきた番組ADによってストーカー被害に遭い、挙げ句の果てにＡＤは自殺してしまったのだ。被害者のはずのホノカは、ネット上で「悪女」「尻軽」と叩かれ、毎日数千、数万という悪意に晒されて休職することになった。

マコトへの依頼は、特に悪質な書き込みをした人間に最後通告をしに行くから、それに立ち会ってほしいというものだった。

ホノカに対して強烈な悪意を向けた〈放火魔〉達は、実際に会ってみると不思議なほどに普通の人々だった。保身のために平謝りする者、涙を流す者、弁護士を立てて頑なに顔を合わせようとしない者、ヤケになる者。普通の人間が、正義に酔いしれて安全な場所から誰かに呪いの言葉を投げつける。異常な人間も、モンスターも存在しない。

普通の人間が、同じ人間を死ぬほどに追い詰める。

しかし、そんな普通の人々の中に、本物のモンスターは確かに存在したのだ。

＊

現実世界で起こった出来事を小説に落とし込むには勇気がいる。コロナ禍、３密、ソーシャルディスタンスという言葉がすっかり生活に馴染んでしまった頃、一介の物書きとして私はつくづくそう思った。

激変したこの生活を小説に書いていいものか……多くの作家が悩んだはずである。マスク生活、外出すれば頻繁に手をアルコール消毒し、飲食店のテーブルには何枚ものアクリル板。人が大勢集まるイベントは自粛。学校の授業はオンライン。コロナ禍の当たり前を小説で描いたら、いつかそれが過去のものになったとき、途端に〈古い物語〉になってしまうのではないか。

そんな戸惑いの真ん中を、今作のマコトやキングは突っ切っていった。古い・新しいではなく、コロナ禍の日々を生々しく物語の中に残しておくことが、数年後、数十年後に必ず意味を持つと示すような力強い足取りに、私は夢中で本のページをめくっていた。

ＩＷＧＰシリーズは、常に現実社会を描き続けてきた。闇サイト、引きこもりビジネス、ブラック企業、脱法ドラッグ、ヘイトスピーチ……物語のキーワードを挙げれば、誰もが「ああ、そんなこともあったね」と思うものばかりだ。現実の半歩後ろを歩くように、物語は私達を追いかけながら展開していく。

しかし、マコト達が半歩後ろを歩いているからこそ、少し先を生きる私達は彼らからの問いかけを聞くのだ。

この物語の中で描かれている彼や彼女の姿を、出来事を、あなた達は都合よく忘れていないか？

喉元過ぎればなんとやらで、直視すべき問題から目を背けていないか？

『炎上フェニックス』の中で描かれる人々の生活は、二〇二三年を生きる私達にとっては〈少し懐かしいもの〉になった。〈ちょっと古いもの〉になった。しかし、物語の中で描かれた社会問題のアレもコレも、何一つ解決されていない。何も解決していないのに、「やっとコロナが明けたね」と浮かれて、思考を停止するな。『炎上フェニックス』が文庫化される勝手に終わったものにするな。このタイミングで『炎上フェニックス』が文庫化されることは、IWGPというシリーズそのものが発する、私達へのメッセージであり、警告なのかもしれない。

アフター・コロナへ向けて歩み出した私達は、今こそコロナ禍の真っ直中を生きるマコト達に会いにいくべきなのだ。

その上で、私達の半歩後ろを歩く彼らの日常からもコロナが去り、マコトの家の果物屋の売上が回復することを願いたい。

（作家）

初出誌「オール讀物」
P活地獄篇 二〇二〇年八月号、九・十月合併号
グローバルリングのぶつかり男 二〇二〇年十一、十二、二〇二一年一月号
巣鴨トリプルワーカー 二〇二一年二月号、三・四月合併号
炎上フェニックス 二〇二一年五、六、七、八月号

単行本　二〇二一年九月　文藝春秋刊

DTP制作　エヴリ・シンク

文春文庫

炎上（えんじょう）フェニックス
池袋（いけぶくろ）ウエストゲートパークXVII

定価はカバーに
表示してあります

2023年9月10日　第1刷

著　者　石田衣良（いしだいら）
発行者　大沼貴之
発行所　株式会社 文藝春秋

東京都千代田区紀尾井町 3-23　〒102-8008
TEL 03・3265・1211㈹
文藝春秋ホームページ　http://www.bunshun.co.jp

落丁、乱丁本は、お手数ですが小社製作部宛お送り下さい。送料小社負担でお取替致します。

印刷・凸版印刷　製本・加藤製本

Printed in Japan
ISBN978-4-16-792093-7